Dernière cartouche

DU MÊME AUTEUR

Marâtre, Fayard, 2012.
Plats et déliés, Kéribus éditions, 2016.

Caroline de Bodinat

Dernière cartouche

roman

Stock

Ouvrage publié avec le concours
de Jean-Louis Fournier

Couverture : Le Petit Atelier

ISBN 978-2-234-08437-7

Il m'a appris à éviter les au revoir, à détester les quais de gare.

Quand il m'y accompagnait, il faisait semblant d'oublier l'horaire. Une demi-heure avant le départ, il disparaissait, je m'inquiétais.

Ma mère, compatissante, disait : « Tu sais, ton père, ses promesses… »

La voiture qui se garait devant la maison, sur le trottoir, la faisait taire. Il ouvrait la porte d'entrée, passait une tête et demandait : « Alors, qu'est-ce que tu bouines ? T'es prête ? »

Il jetait mon sac dans le coffre, je montais à l'arrière, il bouclait sa ceinture, se tournait vers moi, attendait que je lui dise « à la gare Paul, je vous prie », on se mesurait du regard comme deux gosses cogitent une connerie et il démarrait.

Il conduisait sans un mot, la gare était à dix minutes.

Il profitait de notre légère avance pour m'emmener boire un café, debout, au comptoir.

S'asseoir ne se fait pas, des attitudes de chômeurs. Même chômeur, il restait debout.

Le train s'annonçait. Il avalait son café, saluait le garçon qui retournait nerveusement une soucoupe, légère en pourboire.

Nous avancions sur le quai.

Le train ralentissait, il scrutait le compartiment qu'il allait m'indiquer. Il m'évitait la compagnie des vieilles, de la marmaille. Se méfiait des hommes seuls.

Avant de monter dans le train, il extirpait son portefeuille de sa poche arrière, me tendait un billet en disant « Tiens ».

Il n'avait qu'un billet de cinquante francs, il était toujours fauché, je devinais qu'il l'avait piqué dans le porte-monnaie de ma mère.

Je refusais, il insistait, soupirait « T'es chiante », pliait le billet en quatre, le glissait de force dans l'une de mes poches. Il savait qu'au moment de le craquer, c'est à lui que je penserais.

La fumée de sa cigarette lui plissait les yeux pendant qu'il portait mon sac dans le train.

Il tendait la joue, il n'embrassait pas.

Il redescendait sur le quai, s'approchait du wagon le temps que je m'installe. En attendant le départ, chacun d'un côté de la vitre sale, nous nous tenions du regard.

Les portes claquaient. Il marchait au rythme du train, accélérait le pas jusqu'à courir un peu, sans me lâcher des yeux. Jusqu'à se faire semer.

Le front collé contre la vitre, je le regardais, immobile, s'éloigner.

Subitement je trouvais les mots que j'aurais dû lui dire.

Il attendait de voir les feux arrière du train disparaître, se rallumait une clope et remontait le quai.

Avec mon père, on jouait à ça, à goûter ce sentiment de dernière fois.

Paul des Tures est mort aux alentours de onze heures quinze. En février 1993, le premier mercredi du mois. J'avais vingt-trois ans, je fumais des blondes, lui des brunes sans filtre.

Je suis sa fille aînée.

J'aurai bientôt son âge.

Il venait d'avoir cinquante et un ans.

Chez les des Tures, on ne pose pas de questions.

Même quand je lui demandais l'heure, il répondait « Qu'est-ce que ça peut foutre, ça change tout le temps. »

Sans me la donner.

Ce jour-là, sa vieille Lip, il ne la portait pas.

Dans ses effets personnels, remis aux ayants droit, il n'y avait qu'un briquet jetable, un trousseau de deux clés de voitures, un autre d'appartement et un petit sachet transparent avec son alliance et sa chevalière, couvertes de sang coagulé.

J'ai passé 9490 jours à subodorer, avant de me décider à consulter son dossier.

Le préposé à l'accueil des archives départementales m'a rendu ma dérogation. J'ai laissé mon portable, mon sac à main, dans les casiers, c'est le règlement.

L'agent de la salle a commandé le dossier. M'a fait asseoir devant une table en formica ; le silence a régné.

Et puis rien. Bande d'arrêt d'urgence.

Je viens de laisser filer trois quarts d'heure devant la chemise cartonnée, sans pouvoir l'ouvrir.

Six mois acharnés à obtenir des autorisations pour me retrouver à crayonner des flèches au crayon de papier sur le tas de feuilles à ma disposition, l'esprit ballant.

Maintenant que j'ai lu…

Je ne sais plus.

Le seul endroit où Paul des Tures accepte de passer ses vacances, c'est à la Beaunerie, propriété de ses beaux-parents. Ailleurs, il dit : « Ça me chie. »

Les gens du coin parlent du château ; ils vont chez monsieur le comte. Alfred de Mauperthuis porte le costume cravate chaque jour que Dieu fait. Les villageois lui trouvent une ressemblance avec le général de Gaulle. En imperméable, il a des airs de Jacques Tati. Il est expert forestier.

Avec sa femme, Mathilde de Mauperthuis, ils ont eu sept enfants, dont six filles ; toutes surnommées Biquette par leur père, souci d'équité.

S'ensuivent dix-huit petits-enfants, une palanquée d'arrière.

Chacun d'entre eux est censé « intégrer », avant l'âge de raison, ce que signifie tenir son rang. Ne pas se plaindre. Ne rien montrer de ses sentiments, être serviable envers quiconque. Ne pas pérorer, attitude de parvenu. Jamais ne s'asseoir devant une personne à l'ouvrage, surtout si c'est une employée de maison. L'oisiveté, même en vacances, est capital péché.

Les Mauperthuis toisent les gens qui se disent en sueur, ils ne transpirent pas ; au pic d'une canicule peut-être s'étonneront-ils d'avoir chaud.

Leur mare au diable, c'est le qu'en-dira-t-on.

La comtesse de Mauperthuis est aussi petite que grand est son mari. Les yeux en amande, le regard vif. Bonnes œuvres, esprit piquant. Qui ne se montre pas à la hauteur peut le trouver acéré. Elle ne reproche pas directement à certains des siens leurs mésalliances, leur manque d'allure, de culture ; elle observe une distance.

Quand sa maison est pleine, il lui arrive de lancer : « Ce soir dîner déguisé. » Elle choisit le thème, le titre d'un livre ou d'un film, et ouvre les portes de ses greniers. Alfred de Mauperthuis traverse la salle à manger en annonçant : « *Les Aristocrates.* Michel de Saint Pierre. » Se déguiser outrepasse les convenances inculquées par ses aïeux anglais.

Grâce au droit d'aînesse, un jour, la belle-fille des Mauperthuis héritera du titre de comtesse et règnera sur le château. Dans la famille, elle fait figure d'exception. Son mari s'amuse à dire qu'elle est née sous X, ses ascendants sont tous diplômés de Polytechnique, ça ne remplace pas la particule. Mon père affirme « C'est ça, la révolution. »

Paul des Tures est le favori des cinq gendres d'Alfred de Mauperthuis. Il lui a accordé la main de sa fille qu'il avait refusé de donner à l'homme qu'elle aimait. Un certain Étienne Villandry, céréalier.

Contrairement à l'une de ses sœurs qui n'a pas hésité à anoblir son futur mari en faisant falsifier son livret de famille, ma mère n'a pas eu le cran de s'opposer aux décisions de son père. Elle a dû rompre avec son *gentleman farmer* normand. Chez les Mauperthuis, on n'épouse pas un paysan, « toujours gueux, jamais ruiné » ; ni un barbu, ni un moustachu, et encore moins un Allemand.

Cette histoire d'amour avortée n'a jamais cessé de la ronger. Mon père l'a toujours su et tâché de l'oublier.

Quand il a annoncé à sa famille épouser Suzanne de Mauperthuis, les siens ne l'ont pas cru. Ses frères et sœurs se sont demandé ce que Suzanne de Mauperthuis pouvait bien lui trouver.

À la Beaunerie, Paul retrouve sa fierté comme le mendiant sa monnaie. Son beau-père le considère. Il n'a pas à se soucier d'enfiler un maillot de bain, son bronzage est celui du cantonnier. Il est détendu, amuse la galerie. Comme Brassens qu'il écoute en boucle, il joue les turlupins.

Chez ses parents, ma mère revit. Paul des Tures aussi. Il marche en se tenant plus droit, il sourit, se sent chez lui, il entraîne ses neveux faire des âneries, ne s'énerve que contre les brochets.

Quand son beau-père a tué Orphée, son labrador chéri, le confondant dans la brémaille avec un sanglier, Paul n'a rien dit. Il a pleuré son chien, assis sur les marches du perron, c'était son alter ego.

Depuis cette bavure, le beau-père ferme les yeux aux fredaines de son gendre. Un jour, Paul le corrompt en lui faisant sécher ses réunions d'experts forestiers pour l'emmener chasser. Un autre, il vend à des marques de cartouches de l'espace publicitaire, en bordure de la propriété de son beau-père, sans l'en informer. En échange, il lui rapporte des tombereaux de munitions.

Alfred de Mauperthuis, on peut l'épater ou l'émouvoir. Rarement les deux. Il trouve son cher Paul épatant, fourmillant d'idées. À cette déferlante de superlatifs, les autres gendres plissent le nez. Celui qui produit du bordeaux réserve au beau-père ses meilleures cuvées, l'autre qui travaille dans une sucrerie rapporte des quantités de sucre. Le premier envoie des factures, le second offre le surplus. Paul fait tout pour rien.

Il émeut, il surprend.

À la chasse, on appelle ça faire un doublé.

La demande d'enquête du procureur de la République date de l'été 1972.

À l'époque, j'ai trois ans. Mon père, trente et un.

L'inspecteur divisionnaire, chargé d'étudier les causes de la faillite, décrit mon père sans civilité. Il parle de « des Tures » ou de « l'intéressé ».

Je lis une première fois en diagonale.

Le dossier est accablant.

Aucune photo des documents ne m'est autorisée, je recopie. L'inspecteur divisionnaire s'appelle Dominique Berthier. Il est pointilleux. Son rapport est écrit à l'encre du zèle. Il n'aurait pas été étonnant qu'en souriant, Berthier se mette à tousser des plumes de canari. Je lui trouve des attitudes de chat. Mon père a toujours préféré les chiens.

Des Tures a vingt et un ans, en octobre 1963, lorsqu'il crée son imprimerie, sous le nom des Éditions Fédératives. L'installation s'est effectuée dans une pièce de la maison de ses parents. Pour tout capital, il débute avec un téléphone et cinquante francs anciens.

Les premières difficultés apparaissent en 1967, après l'achat de sa deuxième machine à imprimer des affiches.

Des Tures s'est vu dans l'obligation d'embaucher un personnel plus important, jusqu'à dix-sept personnes. L'intéressé déclare : « J'ai hérité de mon père, décédé en 1967. Ma part d'héritage a été entièrement engloutie par mes dettes vis-à-vis de l'Urssaf. Après, il me restait encore 50 000 francs à rembourser. »

Des Tures est exclu de l'indivision composée par ses frères et sœurs. Le terrain sur lequel est enregistré son commerce est vendu à un promoteur immobilier.

Un an plus tard, en 70, l'intéressé s'est réinstallé rue Demay, à Saint-Jean-le-Blanc, commune limitrophe d'Orléans. Il ne travaille plus qu'avec un photograveur et quatre dessinateurs.

Un client défaillant prive les Éditions Fédératives d'importantes rentrées d'argent. Assigné lui-même en liquidation de biens, des

Tures contracte cinq prêts d'un montant de 76 000 francs.

Je relève la tête de mon bloc de feuilles, la préposée à la salle de lecture jette un œil à la pendule, vérifie sa montre, remise ses crayons, je n'ai plus qu'un quart d'heure pour noter.

Convoqué à six reprises par le tribunal pour être entendu en chambre du conseil, des Tures s'est abstenu de comparaître. Six lettres recommandées avec accusé de réception lui sont adressées, cinq portent la signature du destinataire.

À l'audience du 6 octobre 1971, l'intéressé est présent à l'appel des causes, mais il a déjà quitté le tribunal lorsqu'il est appelé à comparaître en chambre du conseil.

Le tribunal a jugé que des Tures n'était pas en mesure d'apporter à ses créanciers de sérieuses propositions concordataires.

La liquidation des biens est fixée au 8 juillet 1970.

La veille de mon premier anniversaire.

Selon l'inspecteur Berthier, les causes de la cessation de paiement sont imputées à l'incapacité du responsable de l'entreprise.

Très jeune au moment de son installation, des Tures n'a aucune formation particulière pour cette profession.

À la ligne, nouveau paragraphe, faute de gestion.

L'entreprise, dans un premier temps, a subsisté grâce aux seuls acomptes des clients.

L'achat de matériel sophistiqué a contraint des Tures à embaucher un personnel nombreux, non qualifié, qu'il n'était pas lui-même apte à diriger.

Paragraphe suivant : comptabilité insuffisante.

Celle-ci, rapporte l'inspecteur divisionnaire, n'est composée que d'un livre des salaires, un livre brouillon récapitulant les opérations générales. Il est incomplet et non paraphé. L'intéressé précise : « Ma comptabilité était simple. Recettes et dépenses. Je n'avais pas les moyens de me payer un comptable. Je n'ai jamais établi de bilan car je ne sais pas les faire. Je me limitais à connaître le montant de mes dettes, de celui de mon compte en banque que je soustrayais au montant de la marge des travaux à produire. »

L'intitulé « facteurs personnels » porte le coup de grâce.

L'intéressé aimait la vie facile. Berthier encadre « vie facile » de guillemets.

Des Tures était connu des services de police orléanais pour l'émission de nombreux chèques sans provision.

Il fréquentait les bars.

Deux chèques sans provision sont émis au café Robin des Bois en novembre 1971.

Bien connu du bar de l'Espérance, l'intéressé convient de lui-même qu'il a eu des frais de représentation assez élevés, considérant tout cela comme normal dans le milieu des affaires.

L'intéressé vit grâce au salaire de son épouse qui travaille comme secrétaire de direction dans une agence de voyages. Des Tures a tenu à préciser : « Les membres de ma famille ignorent tout de ma liquidation de biens, à l'exclusion de ma femme. Si cela devait se savoir, je redoute pour la continuité de mon ménage les réactions de mon beau-père, monsieur le comte de Mauperthuis. »

J'ai refermé le dossier. Récupéré mon portable, rendu le crayon à papier la mine cassée.

Dehors, il pleuvait.

Il me connaît depuis ma naissance. Il a suffi d'un coup de fil pour qu'illico, il dise « Viens me voir. » Il a toujours sa gueule d'Hemingway. Il enfourne un rôti, attrape une bouteille de whisky, deux verres, il a mis le couvert, on s'assied devant nos assiettes vides. Sa vieille horloge comtoise sonne midi.

– Ton père, c'était ni un plouc ni un crétin. Sinon je n'aurais pas été son copain.

Sur le papier, Jean-Pierre Cariou et Paul des Tures ne sont pas faits pour s'entendre. Le premier est plus jeune de six ans que le second, les deux croient avoir tout fait en Mai 68, sans être du même bord. Paul s'enflamme pour des accointances qui s'évaporent aux premiers revers. Jean-Pierre a des camarades, des copains, des frères.

Leur amitié s'est construite sur un différend.

– Un jour, j'ai accompagné Paul chez un client qui mégotait sur tout. Il portait une chevalière comme ton père. Le type était suffisant. Ton père l'a laissé plastronner jusqu'au moment où il lui a attrapé la main, il a regardé sa chevalière et balancé « Je ne discute pas avec la branche bâtarde de barons d'Empire. » Il s'est levé, m'a fait un signe, on s'est tirés. C'est comme ça qu'il est devenu mon copain.

Cariou débute aux Éditions Fédératives en 1968. Il est dessinateur.

– C'est ta mère qui m'a reçu. Ton père n'était pas là. Elle a essayé de gommer son retard en me proposant de déjeuner. Je lui ai répondu « bien volontiers madame ». Elle avait préparé un gratin de chou-fleur. J'ai une horreur absolue du chou-fleur.

– Tu as trouvé une parade ?

– Non. Je l'ai bouffé. Pour ma mère. Elle rêvait qu'un jour je mange avec le pape. Pour elle, des gens à particule, c'était le pape.

– J'ai lu le dossier sur la faillite des Éditions Fédératives. Papa se fait assassiner, à se demander s'il n'a pas traité de peigne-cul l'inspecteur qui a mené l'enquête.

– Peut-être bien. Il n'écoutait personne. J'ai une idée, on fait. C'était ça ton père. Un adolescent. Il se foutait un truc en tête et n'en démordait pas. C'est dommage parce qu'il avait une longueur d'avance sur tout.

– Y compris en déveine…

– C'était un inconscient mais un excellent vendeur. Il nous emmenait. Le numérique n'existait pas, on faisait tout *per manus*.

– Vous faisiez quoi exactement ?

– Des atlas pour le BRGM, des catalogues, des affiches. Des monuments de boulot. Son grand truc, c'était les cartes de camionnage.

– Des cartes de camionnage ?

– Les sociétés de transport avaient des zones définies par la préfecture. Ton père imprimait les cartes et tout autour, il vendait des espaces publicitaires à des bistrots routiers, des garages, des bars de nuit, tout ce qui pouvait intéresser les chauffeurs de poids lourds. C'était malin. Il a été un des premiers à créer des petits panneaux de publicité qu'il fixait sur des poteaux d'arrêts de bus, à lancer des journaux de petites annonces gratuites.

– Alors pourquoi ça a capoté ?

– Il ne protégeait rien.

– L'inspecteur l'a accusé de fréquenter les bars. T'en penses quoi ?

– Fallait pas trop le laisser traîner quand il sortait de la banque avec nos payes. Il jouait. Il avait l'intelligence des cartes et même au bridge il valait mieux l'avoir en photo qu'à sa table. C'est lui qui m'a appris à taper le carton.

– Il picolait ?

– Pas plus que ça. Il lui arrivait de ferrer des clients au comptoir, il payait ses tournées en faisant causer les mecs, il leur vendait n'importe quoi et derrière on produisait. Le problème est qu'il faisait confiance à des faisans, les mecs n'étaient pas solvables, ça se terminait en jus de bouillon.

– Mais papa, à l'époque, il était comment ? L'inspecteur le traite d'incapable.

– Il avait de la gueule, Delon dans *Le Guépard*. Tu pouvais le saper avec des sacs-poubelle, il trouvait le moyen d'avoir de la classe. Il roulait en décapotable rouge, il en imposait. Il voulait épater ta mère. En l'épousant, il voulait épater les siens. Ta mère, il l'a eue sur toute la ligne. C'était Modeste qui voulait épater tout le monde.

Le titre d'imprimeur ne lui suffit pas. Paul entend transformer les Éditions Fédératives en agence de publicité. Ce label lui permettrait de doper son chiffre d'affaires en touchant une rétribution sur l'espace publicitaire qu'il achèterait dans les journaux pour le compte de ses clients. L'obtention du label dépend d'une commission d'agrément parisienne. Pour y prétendre, Paul des Tures doit justifier d'un portefeuille de clients solide et d'un nombre probant d'encarts publicitaires déjà publiés dans les journaux. L'agrément lui est refusé deux fois.

– Maman travaillait avec vous à l'époque. Elle ne disait rien ?

– Quand il est revenu de Paris sans l'agrément, elle a flairé la déroute et en a parlé devant nous. Ton père l'a très mal pris, il a jeté sa machine à écrire par la fenêtre du premier. Elle s'est levée sans rien dire, elle a récupéré ce qui restait de la machine, elle a tout déposé sans un mot sur son bureau et a cherché du boulot ailleurs. Sans elle, après, c'était plus la même ambiance. On a appris la fermeture des Éditions Fédératives du jour au lendemain, j'ai jeté l'éponge. Je suis devenu prof aux Beaux-Arts.

– Il y a un truc que je ne comprends pas. Dans ce fameux dossier sur la faillite, mon oncle Ferdinand n'est pas mentionné. C'est pourtant lui qui est à l'origine de la création de la boîte. Tu te souviens de lui ?

– Et comment ! Je l'ai reçu chez moi quand il a recommencé ses conneries, à la fin des années 70. Il était en cavale. Je l'aimais bien. Lui aussi il avait une gueule d'acteur, Bogart dans *Le Port de l'angoisse*, sauf qu'il avait perdu des dents. C'est ton grand-père des Tures qui a forcé ton père à travailler avec Ferdinand. J'ai vite compris qu'en plaçant Paul à la tête des Éditions Fédératives, Ferdinand ne serait pas responsable en cas de faillite. C'était malin. Ce que je n'ai jamais pigé, c'est comment Ferdinand est tombé avec ses hold-up.

Il a toujours été interdit de poser la moindre question au sujet de l'oncle Ferdinand. Nous savions simplement qu'il avait fait des bêtises. L'épouse de son frère aîné m'avait confié qu'il s'était fait pincer par la police en 1956, pendant la semaine sainte. Elle associait ce fracas à une image. Celle de mon père.

Il avait quinze ans. Il était rentré du pensionnat le visage tuméfié, passé à tabac, on avait traité sa famille de voleurs.

Du quotidien *Le Monde* au *Parisien libéré*, l'affaire avait fait la une des journaux. Les journalistes surnommaient leur bande « le gang des fils de famille » ou des « fils à papa ». Deux d'entre eux portaient un nom à rallonge, les autres appartenant à la bonne bourgeoisie. Pour donner du corps à leurs papiers, les journalistes faisaient flotter le risque de peine de mort. Ferdinand des Tures, vingt-six ans, dessinateur, était accusé d'être le chef de bande. Pour les quatre braquages à main armée, avec coups et blessures, il a pris cinq ans.

– Ferdinand était très sympa mais violent, reprend Cariou. Il se dévoilait quand il perdait pied ou si on lui disait non.

– J'ai retrouvé trois lettres qu'il avait écrites à papa. Elles portent le tampon de la Santé. Ses mots étaient durs, il ne réclamait pas d'argent, il exigeait.

– Ton oncle était toujours à court d'argent. Ferdinand s'est fait sortir de la succession par ses frères et sœurs, comme ton père. Sa part d'héritage avait été bouffée en avance pour frais d'avocats.

– Papa, c'était pour l'Urssaf.

– J'ai appris par ta mère que Ferdinand avait planqué un camion d'explosifs dans la propriété de tes grands-parents maternels, à la Beaunerie. Quand ton grand-père Mauperthuis a vu les flics débarquer sur la propriété, il a pris des mesures. Il a fait raser la bergerie qui était au fond de la propriété. Elle servait de planque à Ferdinand et sa nouvelle bande. Sur l'injonction de ta mère qui ne voulait plus d'emmerdes, ton père a enfin réussi à s'opposer à son frère. Le jour où ton père lui a dit non, Ferdinand est devenu fou. Il a frappé ton père avec un marteau, je les ai séparés. Ferdinand a quitté les Éditions Fédératives pour devenir bûcheron dans les Vosges. Je ne l'ai plus revu.

– Il est mort en 2009. T'as gardé des liens avec papa ?

– Non. On s'est perdus de vue. J'avais plus d'affinités avec ta mère. Avec elle on parlait de tout. Elle était fine, ta mère. Très fine.

Nous vivons en Belgique. Dans une grande maison rectangle rouge brique qui ressemble à un dessin d'enfant. Le jardin est entouré de vaches, nous sommes situés en queue de peloton d'un petit village. Dans la cuisine nous avons une machine à découper les pommes de terre en frites.

J'ai huit ans. Une petite sœur et depuis quelques mois, un petit frère. Je dois être sage et responsable, ce que m'ont expliqué les parents. Pour eux, je suis un exemple.

Le dimanche nous allons faire reluire nos quartiers de noblesse au Rotary. Parmi les nombreuses qualités de Paul des Tures, sa femme est la principale. Le salaire fixe de son mari la rend facétieuse. Lui se plaît à dire qu'il est directeur d'une maison close. Consternation. Ma mère corrige. Son mari dirige une jardinerie sous l'enseigne Clause.

Mon père est devenu quelqu'un. Sur sa carte de visite est écrit : directeur adjoint. Après la banqueroute des Éditions Fédératives, seul le mari de Solange, une de ses six sœurs, a décidé de lui faire confiance.

Le samedi mon père travaille, ma mère m'a inscrite à l'équitation. Mon grand-père Mauperthuis fut Cadre noir à Saumur. Ma mère a rencontré Paul des Tures dans un club hippique. Je dois perpétuer la tradition.

Sur un cheval, j'ai les jetons et le vertige. Je déçois les parents. Les moniteurs m'ont reléguée dans la catégorie poneys doubles, je serre les dents, je suis raide, je ne m'entends bien qu'avec les shetlands.

Mon père, les gens l'appellent Paul ou patron, il règne sur la jardinerie. Souvent, j'y passe mes mercredis après-midi. À califourchon sur des sacs de semence, un cache-pot en plastique en guise de bombe sur la tête, un tuteur comme cravache. Je m'accroche, je veux qu'il soit fier de moi. Il n'y a que les employés qui me voient.

Au moment de Roland-Garros, mon père apporte à la jardinerie des cramiques et des gosettes aux pommes, il installe un poste de télévision au milieu du magasin et regarde les matchs avec ses employés.

Quatre fois par an, il leur dit « Voilà les objectifs, voilà mon sentiment, ayez le vôtre et tâchez de faire au mieux. Les reproches ça constipe, je ne suis pas là pour vous faire chier mais pour vous aider à développer les idées que vous pondrez. »

De temps en temps, il ferme certains rayons pour inventaire. Il fait monter trois de ses gars dans sa DS et les emmène en Sologne. Ils reviennent le lendemain. Bilan de ses séminaires : les employés ont découvert l'anthologie de Georges Brassens, le pâté de ragondin, la gibelotte de chevreuil et la houle que génère le roulis de sa bagnole. À la jardinerie, on le trouve moderne ; au siège social, ses méthodes d'encadrement surprennent, mais il atteint les objectifs.

Ma mère rêve d'une famille parfaite.

Robes à smocks pour ma sœur et ses grands yeux verts ; elle l'envisage plus tard en tutu rose. Mon frère, en barboteuse, sera scout et jouera Rachmaninov.

Je suis chez les religieuses, dans une école à quinze kilomètres de la maison. J'y vais en bus, jupe bleu marine, chaussettes tirées jusqu'au creux du genoux, col Claudine, une boîte à tartines dans le cartable.

Ma mère m'extirpe de mon lit à six heures trente. J'avale un thé, tout le monde dort encore, elle remonte se coucher. Je quitte la maison sur la pointe des pieds, traverse le village désert pour faire plus ample connaissance avec Dieu. Après une heure de catéchisme dans l'église du village, je rejoins les bonnes sœurs. J'assiste à deux offices par jour.

Un matin de neige, j'ai compris à quoi me destinait ma mère ; j'ai fait comme Rondeau, mon poney double, refus d'obstacle.

– Pas de comédie. Enfile ton manteau et tes bottes. Roule.

Je sors en claquant la porte. Face à la chambre des parents, je reste immobile sous les flocons. La fenêtre s'ouvre en grand, mon père apparaît torse nu.

– Tu vas y aller, oui !

– Non.

– Si. Tu vas y aller et plus vite que prévu. Je compte jusqu'à trois.

À six, il est en chaussons sur le pas de la porte, en slip kangourou, un gilet pour peignoir. Je recule d'un pas. Il en fait deux. Puis trois. La neige ne l'arrête pas.

– À coup de pompe dans le derche s'il le faut, mais tu vas y aller, nom de Dieu !

– Non. Je veux pas devenir bonne sœur comme tante Renée. Elles ont les dents jaunes et elles sentent le gruyère. J'irai pas !

Ma mère m'a appris le nom de Dieu pour prier, mon père, pour jurer.

Mon père n'a jamais eu son bachot. Quand j'ai demandé à sa sœur Solange, dite Sol, d'évoquer son parcours scolaire, elle a répondu qu'il avait manqué d'assise.

Sur ses carnets, on lisait : « Mis à la porte, revient par la fenêtre, sera doué en commerce. »

Ces encouragements l'ont poussé vers une modeste école de commerce, à Paris.

Il a rempli son dossier, passé les écrits.

Assez joueur pour croire en Dieu, sans miser sur la réciproque, le jour des résultats, il a préféré envoyer un de ses cousins vérifier s'il était admissible.

Ce cousin à qui mon père venait de rafler une conquête lui a annoncé « T'es planté. » Il n'aurait pas regardé la bonne liste.

Sur les conseils de son père qui croyait en lui et l'envisageait scientifique, Paul a opté pour des études de chimie.

Il séchait les cours, végétait de troquet en café en faisant mousser sa légende à la bière.

Il nous racontait ses expériences de paillasse, les trous à l'acide dans sa blouse, le jour où il est passé à deux doigts de la canne blanche en manquant de faire exploser le bâtiment qui l'abritait.

Seule preuve de diplôme, une photo de lui en pied, adossé contre un arbre, belle gueule et fierté d'Artaban, blouse blanche impeccable.

S'il égarait un objet, il rappelait : « Rien ne se crée, rien ne se perd, tout se transforme » et tout le monde était prié de chercher ses clés, son Dupont, sa cartouchière.

Tout ce que je sais de mes notions de chimie, je le tiens de lui. C'était un cador, je n'en doutais pas, il me l'a démontré une fois.

Je devais avoir douze ans, c'était un dimanche. Ce jour était scindé en trois parties : la messe à laquelle il se rendait à reculons, la cuisson du rôti à surveiller, l'après-midi sur le canapé avec Jacques Martin dans le téléviseur.

Butant à l'heure des devoirs devant un exercice de sciences, je suis allée l'extirper de « L'École des fans ». Sans me regarder, il a répondu : « Commence. J'arrive. »

J'ai attendu avant de revenir m'interposer entre le canapé et le téléviseur.

Mon père a soupiré « Bon, file-moi ton cahier. »

Il a lu l'énoncé du problème une première fois tout haut, il a relevé la tête, m'a regardée le regarder avant de me suivre dans ma chambre.

Un pli au milieu des sourcils, il a relu l'énoncé plus lentement en mâchonnant la fin des phrases.

Après un temps mort, il m'a demandé de trouver dans mon livre de chimie la page se rapportant à l'exercice.

– Comment ça, tu sais pas ?

Comme ma mère, je l'ai regardé droit dans les yeux et ai répété que non, je ne savais pas. Il a récupéré le livre, s'est allongé sur mon lit pour le feuilleter.

– Tiens, je sais ce qu'on va faire, a-t-il dit en donnant une pichenette sur mon livre. Je vais t'apprendre un moyen mnémotechnique pour retenir les quatre premières lignes du tableau périodique des éléments chimiques. Tu verras, tu seras incollable.

Il a appelé plusieurs fois ma mère à qui il a demandé ce qu'on apprenait aux gosses dans cette école qui ne se mouchait pas du coude sur les frais de scolarité. Si à douze ans, on n'était pas fichu de savoir ce que signifie le mot mnémotechnique, il fallait peut-être songer à m'inscrire dans le public.

Ma mère a haussé les épaules, répondu que ce n'était pas l'urgence et si cela ne lui faisait rien, elle retournait à son repassage.

J'ai sorti mon Bic quatre couleurs. Il m'a demandé de lui réciter la première période. J'ai répété « période », les pupilles en points d'interrogation :

– Première ligne, si tu préfères. C'est ?

– O, oxygène.

– Non, c'est H, hydrogène.

– Ah ! oui, j'ai confondu. Après c'est He, hélium.

– Très bien. Pour t'en souvenir tu penses Ho ! Hé ! Comme si tu disais, Ho-Hé-Hein-Bon ! Deuxième période. Vas-y, je t'écoute.

– Li, lithium.

– Et après ? Tu sais ?

– Non.

– Lili becta bien chez notre oncle Ferdinand Nestor. Li, pour lithium, Be béryllium, B pour bore, C pour carbone, N azote. O, tu sais O ?

– Oxygène. Mais papa, on n'a pas vu ça encore.

– Ben justement. Tu vas les épater. T'as noté ? Lili becta bien chez notre oncle Ferdinand Nestor. F pour fluor et Ne de néon. Troisième période. Qu'est-ce que t'as à soupirer ? Note. Napoléon mangea allègrement six poulets sans claquer d'argent. Alors, Na, c'est quoi ?

– Napoléon.

– Mais non, pomme à l'eau ! Na, c'est le sodium. Quoi encore ?

– C'est pas l'exercice. Je veux que tu m'aides à faire l'exercice. Après j'ai de l'anglais et des maths.

Il a refermé le livre d'un coup sec et repris mon cahier.

– Tu vas voir, ça va pas être long ! On va le bluffer ton connard de prof.

Voyant que je ne suivais pas son raisonnement, il a saisi une craie et griffonné des formules sur mon tableau d'écolier.

– Voilà, a-t-il dit en me lançant la craie. T'as pigé ?

J'ai rentré la tête dans les épaules, ce qu'il a pris pour un oui.

Il a saisi l'effaceur en concluant très bien. J'ai tendu les mains vers le tableau.

– T'es en train de me dire que tu ne sais pas le refaire ?

J'ai fixé le tableau. Laissé un silence répondre à sa question.

– Bon... On va faire autrement. Tu vas recopier sur ton cahier ce que j'ai écrit sur le tableau. Après tu effaces et tu recommences l'exercice sans regarder ton cahier. Au moins ça rentrera. Il faut que tu saches le refaire si ton prof t'interroge. C'est ça le bluff.

Mon père tablait sur un dix-huit. Vingt sur vingt, comme on le lui avait appris chez les Jésuites, c'était la note réservée au bon Dieu. Dix-neuf à tous ses saints.

J'ai écopé d'un dix.

Il ferme un œil, vise le rhododendron, expédie sa Gitane d'une pichenette vers le jardin de curé des Turpin, villa Huchette, 12 rue du Clos des Oiseaux, 14000 Caen. Nos voisins.

La braise accroche le haut du grillage, s'éteint en dégringolant dans la haie de thuyas.

Nous louons le 14 bis, mitoyen du 14. Les Turpin ont un épagneul breton, Drakar, qui s'étrangle en tirant sur sa laisse. Harry's, notre braque de Weimar, doit avoir un problème avec les épagneuls bretons. Dès qu'il le sent arriver, il s'aplatit en descente de lit derrière notre maigre clôture. Il attend que Drakar arrive à sa hauteur pour jouer la surprise et aboie en se prenant pour un ours.

Cardiaque haut de gamme, cinq stents, Turpin s'est plaint à la police municipale venue carillonner un samedi matin.

Accueil mitigé, sur interpellation : « Retenez votre chien. » Réponse de mon père : « Mon chien n'est pas méchant, il n'aime pas les cons, nuance. » Papiers, procès-verbal pour outrage à agent, bisbille depuis avec Turpin.

– Bon, tu te magnes ?

Mon père râle dans la nuit. Il est deux heures du matin. En slip sous son peignoir, pieds nus dans ses mocassins, il tapote le thermomètre : sept degrés sous l'auvent de la porte d'entrée.

Depuis une vingtaine de minutes, son chien, l'estomac en ballon de basket, fait des allers-retours au pas de course sur le rectangle de pelouse entre le cerisier et le muret qui délimite le jardin. Harry's souffre d'autophobie, il est sexuellement détraqué et trouille la nuit.

Trouvant les portes de nos chambres closes, il a opéré une razzia dans les vivres de l'étagère planquée derrière le rideau en chintz de la minuscule entrée.

Les coudes en appui contre la rambarde, mon père l'observe, inquiet, en ramenant de temps en temps ses talons aux fesses pour se réchauffer.

Il rentre, enjambe le carnage, enfile sa veste en mouton retourné par-dessus sa sortie de bain, revient avec une écuelle d'eau.

Il laisse le cabot dehors.

– Top ! Pas bouger.

Il referme la porte sur les yeux cernés du chien, descend les marches qui mènent au garage, s'empare de l'aspirateur, remonte en cognant la porte de ma chambre.

– Mais qu'est-ce que tu fais ?

– Je nettoie les conneries du clebs.

– T'as vu l'état de la moquette ? Qu'est-ce qu'elle va dire maman ?

– Rien parce que maintenant que t'es réveillée, tu vas m'aider à nettoyer. Au lieu de te marrer, ferme les portes et occupe-toi de l'aspirateur.

C'est Yvon, un pâtissier, copain de bar et de chasse de mon père, qui nous a refourgué le chien. Par amitié.

J'assiste à leur discussion de comptoir, toisant le pâtissier de toute l'arrogance de mes quinze ans. Yvon trouve mon père gonflé d'affubler ce chien d'un nom de marque de pain de mie. Mon père fait le malin. Harry's, c'est une institution à Paris, c'est même au Harry's Bar qu'a été inventé le bloody mary. Je soupire. Il tenait à me faire rencontrer Yvon qui m'offre les petits-fours pour ma fiesta, comme il dit. Je rectifie. « C'est une soirée de rallye. Que du beau monde. Robes en taffetas, cours de valse, rock dansé comme des cloches et punch coupé à l'eau. Ça vous parle ? »

Mon père m'attrape par le bras, avertit le patron du bar et son copain pâtissier qu'il revient.

– Depuis quand ma fille tu te comportes comme une connasse ?

– Depuis que vous m'avez inscrite dans un rallye. Je ne perds plus mon temps avec des beaufs.

– C'est pas moi qui t'ai inscrite, c'est ta mère. Tu crois que tu vas aller loin en te comportant comme ça ?

– Faudrait savoir.

– Savoir quoi ?

– J'ai de mauvaises fréquentations. Bertrand Gomez n'est pas assez bien pour vous, ni Jean-Martial parce qu'il dit « la voiture à ma mère » et qu'il ne sait pas éplucher une pêche avec une fourchette et un couteau. Maintenant tu me reproches de regarder les gens de haut.

– T'es con ou tu le fais exprès ? Rassure-moi.

– Je le fais exprès. Je n'ai pas envie que la soirée ait lieu à la maison.

– Écoute, ça fait deux mois que j'y passe mes week-ends. Deux mois que je me fais chier à refaire le garage. En ce moment, je remonte une boîte. J'ai pas les moyens de louer un château pour faire la pige à des godelureaux. Qu'est-ce qui te gêne ?

– Ça. Tout. Notre maison de garde-barrière comme dit maman. J'ai honte. Je veux annuler la soirée.

– Tu sais ce qui me fait honte ? me demande-t-il.

– Ta bagnole couleur chevreuil ?

– Ce que tu es en train de devenir. Tu vois le type qui tient le bar ?

– Tu vas m'expliquer que c'est un prix Nobel ?

– Il n'a peut-être pas inventé le bidon de deux litres, mais si un jour t'as le moindre problème, lui, tu peux l'appeler, jour et nuit. Maintenant, il sait qui tu es, il sera là si t'as des emmerdes.

– J'ai pas d'emmerdes, moi.

– Je veux que t'apprennes sur qui tu peux compter en cas de pépin. Vraiment compter. Il te fera du punch pour ta soirée et je peux te garantir qu'il ne sera pas coupé à l'eau. Tes copains vont se prendre les pinglots dans les temps de valse. Je veux que tu comprennes que ceux sur qui tu peux t'appuyer ne sont pas forcément ceux avec qui tu danses. Alors maintenant on remet les compteurs à zéro, on retourne dans le bar et t'arrêtes de jouer les fins de race.

Ce samedi-là, pas de partie de chasse, ni de pêche, ni de cartes, aucune excuse bidon, aucune tentative de fuite.

Il semble de bonne humeur.

Nous serons tous les cinq pour déjeuner, le couvert est dressé dans la salle à manger.

À table, il a une nouvelle à nous annoncer. Il vient d'inventer un jeu de société. Ça s'appelle le Grand Jeu de la chasse.

Il pressent la baraka.

Les mains jointes derrière son assiette, notre mère l'écoute, elle se tient droite, les yeux baissés sur les restes du poulet.

On le laisse parler. Quand il nous regarde en relevant le menton pour nous demander « tu piges ? », nous répondons oui d'un air modeste. Les deux cents kilos de dés à jouer entreposés à la cave ont trouvé leur raison d'être.

Les questions sont bienvenues mais interdiction de l'interrompre. Il veut d'abord que l'on ait une vue d'ensemble sur le projet, ce qu'il nous dit tout en sauçant le plat de bananes flambées.

On se creuse la tête chacun de notre côté, nous ne voulons pas le décevoir, il nous aide à débarrasser la table, il a réponse à tout. Il secoue la nappe en nous laissant le soin de la replier et file dans le salon, se reposer.

Quand nous le rejoignons avec le plateau du café, il est absorbé par une série policière. Notre mère finit de ranger. La porte du salon est restée ouverte, les bruits de casseroles perturbent l'interrogatoire en cours d'un suspect.

Il soupire et, sans quitter l'écran des yeux, referme la porte d'un coup sec. La cuisine est mise en sourdine, l'interrogatoire se poursuit.

Au milieu de l'épisode suivant, il se relève subitement et dit « Bon ! »

Il écrase sa Gitane, attrape la tige en bambou qu'il utilise pour changer de chaîne sans avoir à se lever.

Notre téléviseur date de notre rencontre avec la famille Ewing, nous lui consacrions tous nos samedis soir après le journal de vingt heures, téléportés à Dallas, mal assis sur les fauteuils Empire.

Il ferme l'œil gauche, tend le bras, vise, enfonce deux touches. Le suspect qui passe sa première nuit derrière les barreaux disparaît d'abord sous la neige avant de s'éclipser définitivement au deuxième coup de bambou.

Personne ne bronche.

On attend la suite.

Quand il a un programme en tête, il faut le suivre ou trouver une parade pour se désolidariser.

L'indécision l'exaspère.

Il ne nous proposera ni un cinéma ni une exposition. Avec lui, les sorties culturelles, c'est la pêche, la chasse, la cueillette des champignons.

Un bowling signifierait qu'il a lourd à se reprocher.

Ce n'était pas encore officiellement le cas.

Souvent le programme qu'il annonce change en cours de route. Il aime l'imprévu.

Depuis que sa petite agence de création publicitaire a fait faillite, il est commercial indépendant pour un imprimeur. Le week-end, il lui arrive d'aller livrer des plaquettes promotionnelles à des clients pressés. Parfois l'un de nous monte dans sa voiture. Au volant, il est nerveux mais moins tendu qu'à la maison.

Seuls avec lui nous ne sommes plus simplement ses gosses, nous devenons ses complices.

Il prévient rarement de ses visites, les clients sont souvent absents. Pour combler le vide, ne pas perdre la face, sur le chemin du retour, on guette cet instant où il fait semblant de rouler vers la maison avant de bifurquer au dernier moment vers le ball-trap ou le circuit de kart.

Avec lui, nous ne savons jamais comment les choses vont tourner, ni ce qu'il va inventer.

Cette fois non plus.

On attend la fin de sa phrase devant le téléviseur éteint.

Après avoir dit « bon », puis rien, il déclare : « Je vais chez Castorama. »

Dans sa logique, par son éducation et avant de se marier, ma mère pensait qu'un mari devait protéger sa famille, tondre la pelouse sans faucher les pétunias, ouvrir les bouteilles de vin sans laisser le bouchon sur le tire-bouchon et savoir bricoler.

Après vingt ans de mariage, autant de promesses annonçant des lendemains meilleurs et un compte bancaire prouvant le contraire, la résignation a colonisé certaines de ses certitudes.

Elle marmonne en dévissant les bouchons que son mari laisse empalés sur l'ustensile mais continue d'espérer, tout en encaissant les désillusions.

Elle n'obtient rien à demander les choses directement. Formule ses requêtes au style indirect. Ses phrases commencent par « il faudrait ».

Notre maison, de l'extérieur, fait illusion. C'est un petit hôtel particulier d'allure cossue, l'avenue en est bordée et l'adresse prestigieuse.

L'intérieur n'est pas du même niveau.

Seuls les motifs des carreaux de ciment répondent à une logique, ce qui n'est pas le cas du tableau électrique, ni du chauffe-eau ; les robinets de la cuisine grillant la priorité à ceux des salles d'eau.

La propriétaire qui vient inspecter les lieux chaque premier du mois de février ne ressent ni le froid ni les courants d'air. Elle porte du vison, son manteau, qu'elle se garde bien d'ôter, lui bat les talons. Elle n'augmente pas le loyer mais ergote sur les travaux.

Notre paternel a sa propre conception du bricolage. Il distingue réparer de bricoler. Les deux le rasent dès qu'il quitte les allées des grandes surfaces spécialisées où il commence par flâner, l'ambiance le motive.

Il collectionne les perceuses et les scies sauteuses qu'il ne prête pas, il les offre, ce qui lui fournit une excuse pour aller s'en racheter.

Il a besoin de sbires et désigne d'office ses filles volontaires pour l'aider. Sa femme est trop réfléchie et méticuleuse. Elle ne le laisse pas faire comme il l'entend. Et il entend que le bricolage soit vite fait.

Jamais il ne jette un œil à un mode d'emploi. Cigarette au bec, l'œil gauche à moitié fermé à cause de la fumée, il travaille sans filet.

Les murs portent les stigmates de ses essais. Des trous.

À la moindre observation émise par sa femme, sa réponse demeure la même : « Si ça te plaît pas, c'est pareil. »

Il s'extirpe du canapé, nous laisse dans le salon, traverse le couloir, pousse la porte de la cuisine, regarde sa femme l'air conquérant et annonce : « J'ai besoin du carnet de chèques. Je vais chez Casto. »

Elle amorce un sourire, son inquiétude a déjà repris le dessus, il va encore claquer sans compter.

Elle lui tend le carnet de chèques, dit qu'il faudrait consolider le portemanteau de l'entrée, il va finir par se décrocher. Autre chose, ajoute-t-elle, la notice de l'étagère à fixer dans l'arrière-cuisine, elle l'a relue. Au-dessus du lave-linge, pour l'accrocher, il faudrait des fixations spéciales pour le béton.

Il hausse les épaules en répondant « je sais ».

Sa priorité est d'acheter une tringle et un rideau de douche. Il en a marre de devoir se laver assis dans la baignoire comme une gonzesse, il veut pouvoir se doucher debout sans foutre de l'eau partout.

Le labrador qui a flairé la promenade en voyant son maître enfiler son blouson attrape sa laisse comme on le lui a appris. Mais l'ordre qu'il reçoit lui fait regagner son tapis, les oreilles basses, son maître part sans lui.

Deux heures plus tard, à son retour, notre mère s'est éclipsée, le petit frère aussi. Nous, les filles, sommes dans nos chambres, au premier. Le chien roupille au pied de l'escalier.

On l'entend préparer son matériel, il ne tarde pas à nous appeler.

Sur le palier, il a aligné la perceuse neuve avec option dévisseuse, les vingt-cinq mètres de rallonge qu'il utilise pour la tondeuse, des boîtes de vis, des chevilles, un marteau, une tringle en métal et un rideau de douche translucide, le même que celui du motel dans *Psychose*.

Il cherche le mètre, on est trois à le chercher et à revenir bredouille. Il dit : « Tant pis, on fera sans. Vous allez tenir la tringle pendant que je ferai des marques. »

La salle de bains n'est qu'un corridor. Il suffit de tendre les bras pour toucher les deux murs. La baignoire se trouve sur la gauche à l'entrée, parallèle au radiateur fixé sur le mur de droite. Au sol, du lino rose, un ton plus foncé que la peinture des murs. Dans l'alignement de la baignoire, un bidet et un lavabo, et au bout, une fenêtre qui donne sur l'avenue.

Il déballe la tringle, enjambe la baignoire sans ôter ses chaussures, demande à ma sœur de grimper sur le rebord. Je me tiens à l'opposé, un pied sur la baignoire, l'autre sur le rebord du bidet. Il nous passe la tringle, ressort de la baignoire pour évaluer la hauteur. Trop bas. On relève les bras. Moins haut. Nous baissons les coudes. Pas droit. On les remonte.

Subitement, il dit « Stop ! On ne bouge plus », il ouvre la porte et redescend chercher un crayon.

Nous l'attendons en équilibre, un bras en l'air, en se soutenant du regard pour voir laquelle des deux parviendra à faire rigoler l'autre.

Il revient avec un feutre. Ne voit pas ce qu'il y a de si drôle. Chacune cherche un point de concentration sur les anneaux du rideau pour éviter de se regarder.

Il plaque la tringle sur le mur, dessine trois marques à l'emplacement des trous, fait pareil de l'autre côté.

Il a préparé six chevilles, six vis, il branche la rallonge, s'allume une clope, on peut sortir, il va se débrouiller.

Bruits de perceuse, coups de marteau, visseuse. Il fait irruption dans ma chambre et dit « Viens voir. »

Ce n'est pas droit.

– T'es sûre ?

Hochement de tête. Il soupire, rebranche la perceuse et fait trois trous supplémentaires dans le rose de la peinture.

Il me demande si cela ne m'ennuie pas de nettoyer la salle de bains pendant qu'il s'attaque à l'étagère du lave-linge.

– Ta mère ne va pas tarder à rentrer, je veux lui faire la surprise, dit-il en empilant son matériel entre ses bras.

Mon père fonctionne en deux actes, comme il en est de certains opéras ; d'abord les éclats, puis les remords.

Dès qu'il est pris en défaut il s'emporte, claque les portes ou feint le mépris. Ses sorties ne peuvent qu'être théâtrales. Ensuite, il réapparaît, sa foudre et son tonnerre oubliés, il s'étonne qu'on puisse lui faire la gueule.

Il minimise le *casus belli*, nous sermonne, on le déçoit ; la rancune est à l'opposé des valeurs qu'il s'évertue à nous inculquer. L'armistice, il l'impose en tendant la joue. On cède.

Avec sa femme, le processus d'accord de paix demande plus de tact, il en a conscience. Grâce à lui nous apprenons les rudiments de la diplomatie, récurer la salle de bains en fait partie. Il ne s'excuse jamais, question de panache, mais se rattrape.

Aujourd'hui, c'est ce qu'il fait.

Il y a quinze jours, en prévision d'un dîner bridge que ma mère organisait pour douze personnes à la maison, elle s'est préoccupée de la hauteur de la pelouse.

La semaine précédant la date du dîner le sujet est revenu quotidiennement. La veille du dîner, soir de football pour lui, elle a changé de tactique, demandé à son mari comment démarrer la tondeuse.

Mon père n'a pas bougé.

Elle misait sur la gagne à l'usure, lui, sur une victoire par forfait.

En plein match, elle a ouvert la porte du salon une énième fois. Le nouveau prétexte était la rallonge de la tondeuse électrique qu'elle ne trouvait pas.

Voyant son mari, mains dans les poches, toujours immobile sur le canapé, elle a traversé le salon et éteint le téléviseur.

Il y a eu un blanc, deux regards qui se jaugent et les mentons qui s'allongent.

Il s'est levé, a rallumé la télévision, est retourné s'asseoir. « Si tu attends la mi-temps, ce sera trop tard, dehors il fera noir », a-t-elle insisté. Il a relevé les yeux de la télé, a fixé ma mère, il a décollé une fesse du canapé, lâché un énorme pet sans cesser de la regarder en lui disant « Voilà, ma réponse. »

À court d'arguments face à nos rires impossibles à étouffer, ma mère s'est laissée tomber sur un fauteuil et s'est mise à pleurer en silence dans le creux de ses mains.

Elle venait de gagner.

Sa botte de Nevers, c'était la culpabilité.

À la mi-temps, il nous a demandé d'éclairer le jardin avec la lampe halogène. Nous devions la basculer par la fenêtre, tout en surveillant l'écran. Il a démarré, enclenché les vitesses et s'est mis à courir en poussant la tondeuse pour rattraper le temps perdu à chercher la rallonge.

Gabriel suivait l'attelage en tenant le fil électrique. Depuis la fenêtre, on voyait que notre petit frère nous faisait des signes, le moteur couvrait les voix, quelque chose n'allait pas. La tondeuse s'est arrêtée net, encastrée dans la souche du sureau. On n'a plus su quoi éclairer, la souche, la tondeuse, le frère, la rallonge, la tête de notre père, la retraite de l'ensemble ; le match qui reprenait a fait diversion. Mon père a tiré la tondeuse à la cave, balancé la rallonge dessus en concluant « On verra ça demain. »

On a reposé la lampe halogène et dégagé le terrain.

Il a racheté une tondeuse, l'étagère est désormais fixée, pour lui les choses ont nettement avancé.

Il venait de décapsuler une Kronenbourg quand il a entendu la clé tourner dans la porte d'entrée. La surprise pour sa femme doit être totale, il s'empresse de traverser le couloir, d'allumer le téléviseur et s'assied en vitesse sur le canapé.

Elle passe devant le salon sans le regarder, revient sur ses pas, ferme doucement la porte, déballe ses courses qu'elle s'apprête à ranger dans le placard de l'arrière-cuisine. À côté du lave-linge.

Il attend qu'elle réapparaisse, qu'elle lui sourie.

Depuis l'affaire de la tondeuse, sa femme l'évite, elle maîtrise parfaitement l'art de la guerre froide.

L'indifférence le panique.

Elle a tout de suite remarqué l'étagère, les bidons d'assouplissant, de lessive alignés par ordre de grandeur.

Il attend dans le salon en se demandant ce qu'elle fabrique.

Elle est devant le lave-linge qui ne s'ouvre plus qu'aux deux tiers. Le couvercle bute contre l'étagère.

Elle réfléchit.

Il risque encore de confondre remarque avec reproche, dans les deux cas se mettre en rogne en répliquant « Quoi que je fasse, ça ne va jamais. »

Elle referme le couvercle de la machine et choisit de ne rien dire.

Elle se compose un sourire, traverse le couloir, passe une tête dans le salon. Il l'invite à voir la salle de bains, elle le suit, fait semblant de s'intéresser au rideau de douche. Ce qui compte pour elle c'est qu'il l'accompagne chez ses parents ce dimanche, elle veut la paix.

Il décide de prendre une douche, elle redescend, c'est l'heure de dîner. Au pied de l'escalier, elle avertit qu'elle lance la cuisson des pâtes mais n'obtient pas d'écho.

On entend un hurlement. Puis une chute. Et plus rien.

Ma mère se précipite, inquiète, actionne plusieurs fois la poignée de la salle de bains, la porte est verrouillée.

Elle est pâle, elle l'appelle, frappe à la porte, l'eau coule toujours, nous sommes derrière elle, agglutinés.

Il finit par répondre qu'il est coincé entre le rebord de la baignoire et le radiateur. Demande qu'on le laisse tranquille. Il va se dégager doucement, rien de cassé.

Une demi-heure plus tard, il pousse la porte de la cuisine, il a les traits tirés. En voulant s'écarter du jet glacé, il a glissé contre l'arrondi de la baignoire, il s'est raccroché à ce qu'il a pu.

Ma mère s'est levée pour lui faire réchauffer son assiette de spaghettis. Il n'a pas faim. Il prévient qu'il sort, qu'il rentrera tard.

– Oui mais..., avance-t-elle en reposant les spaghettis, demain, on déjeune chez les parents, tu as promis de...

Il crispe son visage, elle abrège.

– Je veux être sûre d'avoir au moins la voiture.

Il rassure, elle soupire et se rassied.

Il ressort, revient, il a enfilé son blouson, traverse la cuisine avec la tringle enroulée dans le rideau de douche qu'il entrepose sur la terrasse.

Il marche péniblement, le poing serré sur ses clés de voiture, il tente d'ignorer ses ecchymoses.

Le concours est intitulé « dessine la maison de tes rêves ». Il est organisé par les pavillons Tradi 45. La dotation colle en tout point aux rêves de Gabriel : un vélo tout-terrain, vingt-quatre vitesses avec protège-dérailleur.

Il s'inquiète de l'âge limite de participation, ma mère le rassure, il n'aura dix ans qu'en janvier. Il peut concourir. En relisant le règlement, elle s'aperçoit que la taille du papier n'est pas conforme à ce qui est demandé. Elle traverse Orléans pour acheter le Canson A4, grain C, Gabriel refait.

Son dessin sera accroché le samedi suivant, comme ceux des autres, dans la salle des spectacles de l'école. L'exposition est ouverte aux parents avant la délibération du jury. Proclamation des résultats dans l'après-midi.

Gabriel et mon père rentrent de l'école. Nous passons à table. Mon père a son sourire Monopoly. Quand les gares, la rue de la Paix et l'avenue des Champs-Élysées lui appartiennent. Il déplie sa serviette, se frotte les mains. Il a observé tous les dessins.

– Celui de Gabriel est le meilleur. Vous savez pourquoi ?

Nous faisons non d'un signe de tête.

– Les perspectives, répond fièrement mon père. En plus de savoir jouer la *Polonaise* sans partition, votre frère a un sens inné de la perspective.

– T'as dessiné quoi ? demande Jeanne.

– La Beaunerie, coupe mon père. On dirait un dessin d'architecte. Il y a même les géraniums dans les vasques du perron. Les dessins des autres, à côté… c'est de la gnognotte. Des garages, des Velux dans le toit, des faux puits, pas un arbre. Si c'est ça la maison de leurs rêves…

Gabriel n'a pas faim, il ne pense qu'à son vélo tout-terrain. Il a prévu de le ranger à la cave par la porte du jardin, ma mère lui fera un double des clés.

Le déjeuner passe, Gabriel piaffe, mon père l'accompagne aux résultats. Ma mère les regarde traverser la rue derrière les voilages, son mari une main sur l'épaule de son prodige.

Elle sort du four un gâteau aux ananas, prépare un thé, nous attendons leur retour dans la cuisine.

La porte d'entrée claque. Gabriel traverse le couloir, monte quatre à quatre les escaliers, s'enferme dans sa chambre. Mon père pousse la porte de la cuisine : « Les cons ! Fallait le dire que le rêve des gosses devait ressembler à une turne ! »

Il tire un tabouret, s'assied, vexé.

Ma mère tente de consoler Gabriel derrière la porte de sa chambre. Sans réponse, elle redescend.

Elle s'en veut d'avoir laissé son fils reproduire la maison de ses grands-parents. Elle l'a compris pendant le déjeuner. Elle n'a rien dit, ni cherché à modérer l'emballement de son mari. Elle n'a voulu voir que la sérénité du moment, la fierté d'un père dans le regard de son fils. Fierté que son mari dissimule trop souvent derrière sa gouaille d'épines.

Jeanne et moi demandons aux parents d'offrir à Gabriel un vélo.

Ma mère dit oui, suivi d'un mais. Il a concouru, il n'a pas gagné, ça fait partie de l'apprentissage de la vie.

On insiste.

Mon père rumine devant les ananas figés dans le caramel. Après un long silence, il relève la tête et nous demande si l'on sait quel est le pire dans cette histoire ?

On dit non.

– C'est Fabrice Derouette, le fils de l'épicier, qu'est reparti avec le vélo.

Il ajoute qu'il n'a pas intérêt à venir rouler devant nos fenêtres avec sa saloperie de V.T.T.

Deux cents mètres séparent notre maison de l'épicerie de quartier. Ma mère tempère. Nous n'avons pas à en vouloir au petit Derouette.

Mon père lui jette un œil noir, il repose sa tasse : « Je m'en fous. Je prends le plus petit pour taper sur le plus grand. »

L'interdiction est tombée.

On ne dépensera plus un radis chez Derouette.

Les parents m'octroient cent francs par mois. Je demande plus, la réponse de ma mère demeure invariable : « Arrange-toi avec ton père. Plus, je ne peux pas. » Comme à lui, même reproche, le liquide me brûle les doigts.

Les palabres au sujet de l'argent le hérissent.

Sa théorie de la finance tient en deux phrases : plaie d'argent n'est pas mortelle ; il n'y a pas de problèmes, que des solutions.

Il assure que ça ira mieux le mois prochain. Le suivant, il me promet un scooter, je le crois. Le mois d'après, la promesse s'effiloche pour cause d'imprévu. L'embrayage de la voiture à changer, le lave-linge qui rend l'âme.

Un vendredi, j'annonce, avec fierté, pendant le dîner, que le samedi je suis vendeuse dans une boutique de prêt-à-porter.

Le patron n'est pas commode. Il nous oblige à porter les nouveaux modèles, c'est lui qui choisit. Il aime le court, le moulant, le criard, il dit qu'il sait ce qui se vend, la mode ça le connaît. Assis derrière sa caisse enregistreuse, il nous suit du regard, comme un chat immobile observe trottiner les souris. Il ne fait pas de remarque, on doit comprendre ses ordres aux mouvements de ses yeux. Quand il s'énerve, il agite ses cheveux jusqu'à sa montre en or, ses pupilles rétrécissent.

Ma mère écoute le topo, méfiante, elle refrène les questions qui lui germent.

Je passe sous silence mon après-midi d'essai.

Le patron est venu faire un point dans la réserve, je me changeais. Devant lui, j'hésite à enlever le haut trop petit qu'il a tenu à me faire porter. Adossé à l'escabeau, il dit : « Tourne le dos si t'es gênée, j'en ai vu d'autres. »

En attendant que je lui rende ma minijupe, il enchaîne, un cintre à pinces entre les mains :

– Tu passes trop de temps à orienter les clientes. Tu leur mets le doute dans la tête. C'est pas ton problème, Cocotte, si les modèles ne leur vont pas. Si je me saigne pour embaucher des filles comme toi, je veux dire avec un cerveau, c'est pour que tu trouves les mots et que les loukoums repartent avec un sac plein.

Pour la paperasse, il ajoute que c'est plus simple de me payer au noir, je n'ai pas dix-huit ans.

– Tu te souviens que tu passes ton bac à la fin de l'année, rappelle ma mère pour tarir mon débit.

Elle nous fait signe de rassembler les assiettes à soupe, se lève et disparaît avec, vers la cuisine.

Je continue de décrire les clientes que j'ai observées l'après-midi dans la boutique. Les girondes forçant sur les fermetures éclair, en nage à la sortie des cabines d'essayage, ça fait rire mon père.

– Vendeuse... Vendeuse, répète ma mère, avec ce qu'il faut d'affliction dans la voix, en revenant avec sa quiche lorraine.

Elle ôte ses maniques, me regarde :

– Puisque le bon Dieu t'a mise sur ma route, va chercher la salade.

Je me lève, l'enthousiasme au point mort.

– Tiens, lance-t-elle à mon retour, le ton beaucoup plus enjoué. J'ai appris aujourd'hui que la petite des Malais serait la nouvelle Jeanne d'Arc. C'est une excellente violoniste. En plus du conservatoire, il paraît qu'elle consacre le reste de son temps libre à une association de malvoyants.

– Pas étonnant qu'elle passe bien auprès des aveugles.

– Pourquoi dis-tu cela ?

– Je la connais, on est dans le même lycée. Elle a des boutons plein la tronche, elle mesure un mètre trente, elle est carrée, on la surnomme le mètre cube.

Depuis que nous sommes revenus vivre à Orléans, c'est la même rengaine. Ma mère rêve de me voir en Jeanne d'Arc.

– Toi aussi, tu aurais pu te porter candidate.

– Je mesure un mètre soixante-douze, maman, je ne rentre pas dans l'armure.

Elle précise en haussant les épaules que le physique n'est pas un critère de sélection.

– C'est quoi alors les critères pour être Jeanne d'Arc ? demande ma sœur.

– Il faut être née à Orléans, répond ma mère en fatiguant la salade. Être catholique, avoir de bonnes notes. Si le jury prenait en compte celles du téléphone, votre sœur aurait eu toutes ses chances... J'ai reçu la facture ce matin, comparée au mois dernier, elle est en net progrès...

Je ne réponds pas.

– Enfin, bon, reprend-elle, pensive, il faut surtout être tourné vers les autres.

– Mais je suis tournée vers les autres, maman ! Je donne beaucoup d'espoir, je distribue la bonne parole, j'encourage, je me creuse pour trouver des fringues qui aillent à des filles à qui rien ne va. Et ça, chez Kookaï, c'est autrement plus compliqué que de faire traverser la rue à des aveugles.

– J'ai vu les publicités, souligne ma mère, une lueur d'amusement dans les yeux. Sur une des affiches, une fille claironne : « Je suis la principale cause d'échec scolaire chez les garçons de ma classe. » Je comprends que ça te parle. Je commence vraiment à me demander ce qu'on va faire de toi.

Elle découpe la quiche en cinq. Se réserve la petite part.

– Bon, ça suffit tranche mon père. En attendant, je veux bien un peu de salade.

Il tend son assiette, ma mère le sert.

– Toi, en attendant, lui rétorque ma mère, ce que tu pourrais faire, c'est rappeler Rolingeon. Il s'inquiète de ne pas avoir ses cartes de visite et ses plaquettes pour le salon de l'immobilier.

– C'est fait, répond mon père en reposant son assiette d'un coup sec.

– Ah oui ? Je serais curieuse de savoir quand tu l'as eu.

Mon frère et ma sœur tendent à leur tour leur assiette.

– Je ne l'ai pas eu, je l'ai vu.

– Tu l'as vu ? Tu m'en diras tant ! Je ne vois pas quand, il a téléphoné trois fois cet après-midi, je ne savais plus quoi lui dire.

Il remplit son verre de vin, déplie sa serviette, attaque la quiche.

– Il y a un problème. Faut refaire. Je verrai lundi avec l'imprimeur.

– Ça faisait longtemps, marmonne ma mère, le regard fataliste, concentré sur le morceau de pain qu'elle vient d'émietter.

– Ça veux dire quoi, ça, encore ? réplique-t-il, le menton agressif.

Nous croquons la laitue au ralenti en évitant de nous regarder. Ma mère soupire. Les miettes qu'elle repousse de l'annulaire forment un petit carré à côté de son assiette.

– Tu sais très bien ce que je veux dire. Je parle du devis.

– Quel devis ?

– Justement. Il n'y a pas de devis. Tu m'expliqueras ce que te dira l'imprimeur, ça m'étonnerait qu'il te fasse cadeau de l'impression et du calage pour la réimpression. En quadrichromie en plus...

– C'est pas le devis le problème, éructe mon père.

– Si, c'est le problème, soutient ma mère. Quand on ne fait pas de devis ni de bon à tirer ; en cas de pépin, c'est pour notre pomme.

Mon frère et ma sœur qui sentent le grain arriver demandent à sortir de table. Ma mère accepte d'un signe de la tête.

– Pas de devis, pas de devis... C'est tout ce que t'as à la bouche, des reproches, s'emporte-t-il en singeant la raideur de ma mère. Et puis qu'est-ce que t'en sais si c'est pour notre pomme ?

– Je le sais parce que dès que t'es en tort, tu t'énerves.

– C'est ça, j'ai tort. Madame-je-sais-tout va peut-être m'apprendre mon métier ? Je te demande, moi, si t'as suivi une recette pour ta putain de quiche lorraine ?

Jeanne se mord les lèvres devant ses couverts en croix dans son assiette. Gabriel, au bord des larmes, fixe le saladier.

– Je ne situe pas le rapport avec la quiche lorraine. J'ai téléphoné à l'imprimeur.

Mon père change de tête, ses lèvres pâlissent, son menton s'allonge.

– Quoi ?

Il lâche sa fourchette, tape du poing sur la table, en hurlant « bordel de quoi je me mêle », les couverts rebondissent sur les assiettes.

Ma mère donne un dernier tour de vis en ajoutant :

– Louise, que j'ai vue cet après-midi, peut continuer de fumer dans la rue en minijupe au ras de la conscience pour se payer son scooter... Tu n'es pas près de lui en offrir un... C'est pour notre pomme. Voilà ce qu'il m'a dit l'imprimeur...

– Tu vas voir ce qui va être pour ta pomme, pauvre conne !

Il s'empare de son assiette, vise, ma mère esquive. Ce qui reste de la quiche lorraine dégouline lentement le long du mur.

Ma mère dit « suis-moi ». Elle monte les escaliers, poings serrés, le pas centurion.

Dans ma tête, je compte les marches.

La porte de ma chambre est ouverte, elle se dirige vers mon bureau, mon sac à main est posé dessus, elle tire nerveusement la fermeture intérieure, sort ma plaquette de contraceptifs.

– Depuis quand tu fouilles dans mes affaires ?

– C'est quoi ça ?

– … Comme tu peux voir, des Treets.

– J'ai prévenu ton père. C'est pas la peine de prendre cet air-là ! Ça fait trois fois que je te demande l'ordonnance de ton frère, je l'ai cherchée ce matin. Et voilà ce que je découvre… Ma fille fête Pâques avant les Rameaux. Tu me déçois.

– Tu sais ce qui me déçoit moi ? C'est que ma mère ne m'ait jamais emmenée chez un gynécologue, qu'elle ne se soit jamais préoccupée de m'expliquer quoi que ce soit. C'est ton rôle, non ? Même les tampons, j'ai dû lire la notice pour savoir comment ça fonctionnait.

– Ta réputation d'allumeuse ne te suffit pas ? Tu penses qu'un homme veut d'une fille qui couche à droite et à gauche ?

– Tu préfères quoi ? Que je me fasse sauter dans les buissons à une soirée de rallye comme la si pieuse Camille de Sennely ? Sainte Vierge Marie, vous qui avez pu concevoir sans pécher, faites que je puisse pécher sans concevoir… Bilan de vos bondieuseries, fille mère à seize ans. C'est ça que tu veux ?

– Louise !

– Quoi, Louise ? D'abord qui te dit que j'ai couché ? Je te rappelle que j'ai dix-sept ans. Une plaquette de pilules entamée et alors ? Ça te prouve quoi ? Je croyais que t'étais comme saint Thomas ? Que tu croyais qu'en ce que tu vois ? Tu vois quoi ?

– Je veux savoir avec qui.

– Tu veux savoir avec qui ?

Je lui mens en citant un nom qui rassure parmi les fils de ceux qu'elle fréquente au bridge.

– Aurélien de La Rivière ? s'étrangle ma mère.

– Fais pas cette tête-là ! La pilule, c'est en prévision. Inutile d'en parler à sa mère, Aurélien n'est pas au courant.

Ma mère sort de ma chambre sans se retourner. Mon père est déjà sur le palier. Ils se croisent sans un mot. J'attends.

– Pauvre conne ! Je t'ai dit que tu séchais les cours si tu voulais, mais à une condition. Laquelle ?

– Que je ne me fasse pas gauler.

– Je ne te félicite pas, le lycée a appelé ce matin. C'est quoi cette histoire de pilule ?

– C'est rien.

– C'est qui le connard ?

– Aurélien de La Rivière. Mais il n'est pas au courant. C'était au cas où…

– Je te demande pas avec qui tu veux coucher, je te demande le nom du médecin.

– Pourquoi ?

– T'occupe.

– Je ne l'ai pas.

– Le nom de ce connard de médecin, c'est quoi ?

– Je l'ai pas, je te dis. Pourquoi tu veux son nom ?

– Je vais lui casser la gueule.

– Je suis allée au planning familial.

– Comme les pauvres filles ?

– Ou les gosses de culs-bénits. Ceux à qui on ne dit rien parce que tout ce qui touche au sexe est tabou. Regarde… Même toi, t'as honte, tu te planques pour lire tes *SAS*.

– Je ne me planque pas.

– Si tu te planques. Quand tu lis Simenon, tu ne casses pas la couverture.

– Ça suffit ! Quand tu rentres certains matins en prétextant que tu as oublié tes clés, tu me prends pour un con ?

– Non.

– Si. Tu me prends pour un con. Tu crois que je ne t'entends pas dans l'escalier quand tu fais le mur ? Les affaires que tu planques dans l'abri à bois, il n'y a que ta mère pour ne pas s'en apercevoir, mais moi… Tu penses que je ne remarque rien ? Qu'est-ce que tu veux ? Que je te fasse la leçon ? Non, ça m'emmerde les leçons. C'est ta mère qui veut que je t'engueule. Alors je le fais pour avoir la paix. Je ne suis pas à l'aise pour parler de ces choses-là.

– Quand tu me racontes comment t'attrapais les filles en leur faisant croire que t'étais photographe, tu m'en parles un peu quand même, non ?

– J'essaye de te prévenir, c'est différent. Les mecs quand ils frétillent sont capables de dire n'importe quoi, je sais de quoi je parle. Ils vont te dire qu'ils t'aiment avec des trémolos dans la voix, c'est faux. Ils veulent juste te sauter. Et moi, je veux pas qu'on saute ma fille. Pigé ?

Il s'appuie sur le rebord du radiateur, s'allume une clope, relève le menton, je répète « pigé », les yeux sur les chevrons du parquet.

J'ai deux groupes d'amis. Je ne les invite pas à la maison mais à la Beaunerie. Il y a ceux qui font usage du *Bottin mondain*, pratiquants du baisemain. Les autres pour qui le bottin signifie l'annuaire. Ils embrassent ma grand-mère comme du bon pain. Ma mère se montre plus aimable envers les premiers. Par contradiction, mon père préfère les autres.

– Tes copains, ils pêchent ? demande mon père.

– Par action et par omission, comme tout le monde. Pour ce qui est du gardon…

– Mouais, je vois. Vous serez combien ?

– Cinq. T'as assez de cannes ?

– J'en ai quatre. Plus une, si je te prête la télescopique. Elle est neuve, tu la refiles pas. T'as des asticots ?

– Non.

– J'irai t'en acheter tout à l'heure. Faut que je retourne chez Quinsa. Un con de brochet s'est barré avec la moitié de mon lancer. Il a tout pété. Tu comptes les emmener où tes manchots ?

– Au grand étang.

– Un billet que ça se termine emberlificoté dans les arbres. Ils ont des bottes au moins ?

– J'en sais rien, papa. J'ai pas trouvé la barque, elle est où ?

– À l'étang des Rioux. Tu la récupères si tu veux mais tu la remets là où tu l'as trouvée. Et que je ne vous voie pas faire les cons aux Rioux. Compris ? J'ai tendu mes lignes. Ce soir, le brochet, il est cuit, je lui présente la mayonnaise.

À son retour, il m'aide à monter les cannes à pêche, me tend une boîte d'asticots, retourne dans la cuisine se préparer un sandwich et deux bières.

Son beau-père l'a chargé d'une mission.

Depuis quelque temps une bande de braconniers zigouille les canards que mon grand-père élève au grain pour les voir tomber sous les plombs à la passée.

Les amis arrivent, présentations, bottes, on oublie barque et virée au grand étang, la partie de pêche se déroule devant celui de la maison.

Mon père reste un moment, demande à l'un s'il sait distinguer une perche soleil d'un poisson-chat. La réponse est non. Il explique. Nouvelle question. Nouvelles explications. Il retourne à sa BX et file retrouver sa planque où sévissent les braconniers près de l'étang des Crochetières.

Trois heures plus tard, les amis s'apprêtent à partir, la BX réapparaît, traverse la cour, le coffre figé en accent circonflexe au-dessus de l'habitacle, le pare-chocs arrière enfoncé en V.

Ma mère qui suit l'attelage des yeux verdit.

Je précipite le départ. Mon père sort de la voiture, avance comme si de rien n'était vers mes amis : « Alors ? On en est où de la friture ? Combien de poissons-chats ? » J'abrège les au revoir. Ma mère s'approche de la BX, constate les dégâts.

Mon père s'allume une cigarette, sort tranquillement ses lancers, son matériel de pêche. Il écrase sa cigarette, regarde ma mère, elle a déjà évalué le malus, le montant prochain du découvert. Il lui rétorque « Quoi ? »

– Qu'est-ce qui s'est passé ?

– Demande à ton père. Les braconniers.

– Comment on va faire pour rentrer ?

Regroupement familial autour de la voiture.

– Qu'est-ce que vous avez à vous marrer ? Vous croyez que c'est drôle ? Allez me chercher de la ficelle.

Nous battons en retraite derrière les fenêtres de la galerie.

Il est allé relever ses lignes. Déçu de n'avoir rien pris, il a rangé son matériel avant de se poster à l'étang des Crochetières. Il a décapsulé ses bières, assis derrière son volant, le coffre ouvert, aux aguets.

Un bruit l'a réveillé en sursaut.

Il a démarré, enclenché la marche arrière et foncé.

Il a cru les apercevoir.

Il ajoute « Les salauds. Des professionnels. »

Ce qu'il n'a pas vu, le chêne.

Ma mère a rempli le congélateur, elle a bouclé sa valise. Une de ses pieuses amies la dépose à la gare, je prie pour qu'elle arrive, elle est en retard, ma mère a son air grave, l'heure est aux recommandations.

J'ai dix-neuf ans, elle me fait confiance pour tenir la maison mais se demande ce que j'ai dans la tête, je l'inquiète, comme mon père, elle me porte à bout de bras.

J'écoute sa litanie, les joues molles, le regard posé sur son bagage, je lui fais répéter son horaire de départ, elle me répond qu'elle me trouve verte, je sors tous les soirs, ne pense qu'à mes vacances, rien ne trouve grâce à mes yeux, elle le déplore, elle me trouve creuse. Son amie klaxonne, ma mère m'embrasse en disant « tâche de réfléchir », elle s'installe dans la voiture, baisse la vitre et déclare en souriant qu'une semaine pour faire le point sur mon cas ne lui suffira pas mais qu'il faut croire aux miracles.

Elle part noyer ses doutes en pèlerinage à Lourdes.

Le soir, au milieu du western que regarde mon père, le téléphone sonne. Je teste un nouveau vernis à ongles dans ma chambre, j'attends que mon père décroche, ce qu'il fait en râlant.

Pierre, un ami, invite la bande à dîner en Sologne, chez ses parents absents. Une résidence secondaire, recouverte d'un crépi coquille d'œuf, avec poutres apparentes pour faire campagne. Chez eux, le carrelage a remplacé les tomettes, plus facile d'entretien, des napperons recouvrent les dossiers des canapés, la grand-mère est appelée mémé, la mère apprécie que leur fils unique côtoie des noms à rallonge, collectionne les flamants roses. À chacune de nos visites, nos regards convergent en silence vers les nouvelles acquisitions, nous nous gardons d'émettre la moindre critique, nos jobs d'été au Crédit agricole dépendent de son père, il en est le directeur.

Le téléphone sonne une seconde fois. Je souffle sur mes ongles. Mon père ouvre la porte du salon : « Mais merde à la fin ! »

J'arrête de souffler sur mes ongles, tends l'oreille. Les escaliers sont enjambés quatre à quatre, ma porte s'ouvre en grand.

– Je vais lui faire bouffer sa moto !

Je bascule contre le dossier de ma chaise en attendant la suite.

– On n'appelle pas les gens après neuf heures et demie… reprend-il, mâchoires serrées. Je vais lui apprendre les bonnes manières moi, à ce petit con. Et ne hausse pas les épaules, merde !

– Mais… Papa, pourquoi tu veux lui faire bouffer sa moto ?

– Tu sais ce qu'il a osé me dire ? Parce qu'il a rappelé en plus.

Mouvement de tête pour signifier non.

– Il m'a dit qu'à sa montre il était vingt et une heures vingt-cinq et qu'il voulait te parler.

Je m'apprête à me lever en faisant reculer ma chaise sur le parquet.

– Pas la peine, j'ai raccroché. Je te préviens, je veux plus le voir traîner ici.

– Dans ce cas, je te laisse me trouver un boulot pour l'année prochaine, à moins que tu me fasses un chèque pour partir en vacances.

– T'es bien comme ta mère, à t'écraser. Je vais te dire une bonne chose : on s'en fout que son père soit patron d'une banque. Tu ne vas pas me faire croire que ton rêve dans la vie c'est d'ouvrir des comptes et d'autoriser des prêts à des peigne-culs ?

– Non.

– Bon, nous sommes d'accord. Tu vaux mieux que ça. T'es belle, pas complètement con.

Tu m'as bien dit que tu voulais bosser dans la pub ?

– Oui.

– C'est pas derrière un guichet que tu vas pondre des slogans.

– Non.

– Je t'interdis de t'aplatir devant qui que ce soit, tu m'entends ? Non mais regarde-les ! T'as vu sa mère ? Elle est moche puis bête avec ça. Infoutue de faire une annonce correcte au bridge. Et son mari, il est peut-être patron, mais moi aussi je suis patron ! Et tu vois, contrairement à lui, je fais ce que je veux, c'est ma boîte. On les emmerde.

Il referme la porte en prévenant qu'il retourne à son western.

Je reste vague sur le dîner chez Pierre. Nous passons la soirée à picoler avant de sortir le tracteur et de nous entasser dans la benne à bois pour finir les bouteilles au milieu de la forêt à la lumière des phares.

La soirée se termine aux urgences. Celui qui est monté à califourchon sur le capot du tracteur s'est raccroché à ce qu'il a pu quand le tracteur a basculé dans une ornière, et ce qu'il a pu, ce fut la cheminée. Main brûlée, belle chute.

Il est près de cinq heures du matin quand je rentre.

La BX de mon père n'est pas garée devant la maison, son lit est vide, je m'inquiète. J'imagine l'accident. J'appelle les hôpitaux, Paul des Tures ne figure pas sur les registres des admissions. Je raccroche, je compose le 17, signale sa disparition.

Je tourne en rond en tirant sur ma cigarette, je réfléchis autrement.

Je songe aux noms qu'il cite régulièrement quand il rentre tard le soir, l'air adouci, le regard flou. Je vois ma mère qui dit « alors, lui... » quand il évoque le nom de Frédéric Augion, un de ses clients.

Je fouille le bureau, je trouve le numéro et téléphone. Mme Augion décroche. Il est six heures du matin. Je demande poliment à parler à monsieur. Elle n'objecte rien, annonce « C'est pour toi » dans un froissement de draps.

– Bonjour. Je suis Louise des Tures, la fille de Paul des Tures. Je vous réveille, je suis désolée, je cherche mon père. Vous devez certainement savoir où il se trouve, vous sortez régulièrement avec lui. Depuis que mon père vous connaît, il ne fait que des conneries. Passez-lui le message puisque vous êtes réveillé.

Je n'attends pas sa réaction, remercie froidement et repose le combiné.

Le chien s'étire en bâillant, me suit dans la cuisine, inspecte son écuelle, repart déçu, il ne pense qu'à bouffer.

Je me prépare un café et retourne me poster en face de la porte d'entrée, assise dans l'escalier.

Le moteur de la BX râle en montant sur le trottoir, le chien reconnaît le frein à main. Je lui ordonne de rester couché, la clé tourne dans la serrure, mon père ne me remarque qu'après avoir refermé la porte d'entrée.

– Qu'est-ce que tu fous là ?

– Je t'attends. T'étais où ?

Il avance vers moi, me lance un paquet de viennoiseries.

– Si on te demande, tu diras que tu n'en sais rien.

– T'étais où ?

Je lui relance son sachet.

– J'étais à Blois. J'ai trop bu, je n'ai pas voulu rouler. Si je m'étais fait arrêter par les cognes, ils m'auraient fait souffler dans le ballon, j'étais marron.

– T'étais où ?

– Tu m'emmerdes avec tes questions.

Il pose les clés de la voiture sur la console, pousse la porte de la cuisine, je suis toujours assise sur les marches.

– Tu comptes passer le réveillon dans l'escalier ? Allez, viens. T'as fait du café ?

Je le suis, il pose ce qu'il reste des croissants sur la table, me remplit une tasse, s'en sert une, tire un tabouret, je reste debout, il s'assied.

– Dis-moi où tu étais. Je suis rentrée tard, la soirée s'est terminée aux urgences, ça a duré des plombes, cet endroit fout la trouille. Quand je suis arrivée, je me suis inquiétée.

– Je te dis que j'étais à Blois.

– Je ne te crois pas.

Il soupire, attrape le sucrier, tourne indéfiniment son café puis arrête le mouvement de sa cuillère, boit une gorgée, repose sa tasse.

– J'ai une copine. Voilà. T'es contente ? Tu voulais savoir, maintenant tu sais.

Il me fixe, plus surpris que moi par ce qu'il vient d'avouer. Je n'ose pas déglutir, ni ciller. Il plonge sa main dans le sachet, déchire un croissant, engloutit une corne, attend les questions.

– Ça fait longtemps ?

– Non.

Je ne pense pas à lui demander son prénom, son nom, ce qu'elle fait, comment il l'a rencontrée, à quoi elle ressemble.

Je cherche ce que j'éprouve, aucune colère, aucune trahison.

Je ne ressens rien. J'ignore ce qu'est d'être trompée. Je ne me contente que de séduire, d'embrasser, d'enlacer puis de quitter. Je flotte derrière mes points de suspension.

– Mais… Euh, c'est sérieux ? Enfin, entre elle et toi ?

Il tâte ses poches, sort ses Gitanes blanches, s'en allume une qu'il fume tranquillement, un coude sur la table. Il m'observe.

– Elle fait pas chier, elle ne pose pas de questions, ne fait pas de reproches, et si j'ai envie d'une menthe à l'eau au milieu de la nuit, elle me sert une menthe à l'eau au milieu de la nuit.

– Et euh…

– Et quoi ? Ta mère n'est pas au courant. Tu ne lui répètes pas. Je te fais confiance.

Je hoche la tête, tente un sourire, il voit que j'essaye de comprendre. Il m'embrasse sur le front en disant « allez ». Je m'attends à ce qu'il ajoute « t'inquiète pas », il quitte la cuisine en disant « je vais me coucher ».

Il est huit heures, dans trois quarts d'heure, je suis au Crédit agricole, derrière mon guichet.

Il ne revient qu'épisodiquement à la maison. Pour prendre ses affaires de chasse, déposer ses cannes à pêche, s'assurer de la fidélité de son chien.

La nuit, il vit chez la fille. Le jour, il croise sa femme au bureau.

Quand Jeanne ou Gabriel tombent malades, il fonce, se gare comme avant, sur le trottoir, devant la porte d'entrée. Il dépose une bouteille d'eau au pied d'un lit, monte un bouillon de légumes, apporte une brioche, tourne en rond, offre son inquiétude et repart tourneboulé par les non-dits, rincé par la culpabilité.

Je laisse mon frère et ma sœur en jachère. Avec Jeanne et Gabriel, nous ne parlons pas de ce qu'ils ressentent, de la façon dont ils ont appris l'existence de la fille, des allées et venues de notre père. Pour eux, je suis la sœur absente. Au quotidien, ils se serrent les coudes ensemble.

J'écoute les récriminations. Je ne sers que de trait d'union entre les parents, je transmets les messages, comme les pigeons.

De leur mariage, il semble ne rester que factures, loyer, un compte joint virant au rouge dès le cinq du mois, ils ont le même employeur, deux enfants encore à charge sur trois.

Son sourire n'a plus d'effet, il le sait. Il a collé une sourdine sur ses promesses, les ramène à de petits riens qu'il parvient à peine à atteindre. Seul, face au noyau dur que nous formons, il se fissure. Il n'y a que devant le reste de la famille, les amis, qu'il parvient à prendre sur lui.

Ma mère essuie les frasques de son mari dans un silence coupable, elle reste droite et le restera tant qu'il l'épargnera du qu'en-dira-t-on.

Elle lui a imposé cette ligne de flottaison. L'orgueil les guide. Il se plie au jeu.

Nous ne sommes que spectateurs de leur comédie.

S'il y a dîner bridge à l'extérieur, il accompagne sa femme. Puis la redépose à la maison et s'en va. Un vendredi sur six, ces soirées sont organisées à la maison.

Ma mère ne lui demande plus de tondre la pelouse. La fenêtre du salon offrant une vue plongeante sur le jardin à l'abandon, les rideaux qu'elle tire participent à la parade.

Elle s'arrange pour recevoir cette tournante de bridge dont ils font toujours partie pour éviter d'éveiller les soupçons.

Lui n'est plus en charge que du vin. Il y a encore un an, sa mission consistait à déboucher quatre bouteilles de Mazeris, achetées à prix d'or à son beau-frère, vigneron.

Ce vendredi, rentrée plus tôt de Paris, je pousse la porte de la cuisine, il éponge avec un torchon du vin qui dégouline de la toile cirée, de l'autre main il tient la poche en plastique d'un cubi et râle en se traitant de con :

– Qu'est-ce que t'as foutu ?

– J'ai percé le cubi pour remplir les carafes, le robinet faisait mousser le vin.

Il se débarrasse du torchon, cale le cubi dans l'évier, attrape le rouleau de papier essuie-tout, m'embrasse.

– File-moi un coup de main.

– Pourquoi tu ne sers pas ton Mazeris ? Il y a des bouteilles plein la cave.

– Moins celles que tu m'as piquées.

– C'est pour la bonne cause. J'en file une au propriétaire à chaque contrat de location signé. Je ne t'en ai pas piqué tant que ça.

– T'as raison, si on est optimiste, il reste encore l'autre moitié. La cuvée spéciale. Je vais certainement pas taper dedans. Avec les doses de Chivas qu'ils s'envoient à l'apéro, au moment de passer à table, c'est de la confiture aux cochons. Je te parie qu'ils ne feront pas la différence.

– Tu pousses un peu quand même, du Carré Villageoise.

– Ta mère cuisine bien avec.

– Oui, pour faire mariner son sanglier.

– Faut faire disparaître le cubi avant qu'elle n'arrive.

– S'il y a bien un truc dont elle se fiche en ce moment, je pense que c'est le pinard.

– Tu connais mal ta mère. Elle va dire qu'ils vont s'en apercevoir, qu'elle s'est donnée un mal de chien pour préparer son gigot de sanglier, que je le ruine en servant de la piquette. Bon ! Assez tergiversé, aide-moi.

On a rempli les quatre carafes, fait disparaître le cubi et changé le sac de la poubelle.

Mon père descend à la cave, remonte avec quatre bouteilles de la Part des Anges, en débouche une, s'allume une clope, me sert un verre.

– Les trois bouteilles, c'est pour toi. Planque-les dans ton sac. On est bien d'accord, c'est pas pour tes copains, c'est pour tes clients.

Je l'embrasse, il s'écarte, se frotte la joue :

– Caresse de chat, ça donne des puces.

– Papa, maman m'a appelée cette semaine, ce serait bien qu'on parle.

– Pas maintenant. Ça va ton boulot ?

– Oui, ça va. Faudrait vraiment qu'on se parle. Vous ne pouvez plus vivre ensemble comme ça.

– On est plus vraiment ensemble.

– Vous êtes toujours mariés.

– C'est de ça que tu veux me parler après le dîner ? Tu penses que ça te regarde ?

– Oui, ça me regarde. Vous êtes tristes, Jeanne et Gabriel le sont. Moi aussi. On ne peut pas continuer comme ça.

– J'ai pas envie d'en parler. Mais je monterai te voir après le dîner.

Je tue le temps au téléphone. Entre deux coups de fil, je débarrasse la cuisine, passe une tête dans le salon, dis bonjour aux joueurs, « oui, merci, je vais bien, le marché de la location d'appartements aussi », « oui, Paris devient inabordable », « oui, je regarderai s'il y a une studette pour votre fils ».

J'attrape leur discussion au vol, par fragments. La petite de Machin-Chose vient d'accoucher, les bien-pensantes trouvent qu'il manque quelques semaines entre le mariage et la naissance de leur premier. C'est une fille. Comment s'appelle-t-elle déjà ?, étonnés de ne pas avoir reçu de faire-part. Irène, dit l'une. Prénom de bonne, persifle une autre.

À quelle époque vivent encore ces bridgeurs ?

J'ai desservi, rempli le lave-vaisselle, ma mère sourit, je m'éclipse sur un clin d'œil, elle répond « merci ma chérie ». Mon père se contente de me montrer d'un coup de menton les carafes qui ont été vidées aux trois quarts.

Je remonte dans ma chambre, éplucher les dossiers de location d'un appartement que j'avais fait visiter avant de sauter dans le premier train pour Orléans.

La partie de bridge n'en finit pas.

Au milieu de la nuit, je me réveille en sursaut, la maison plongée dans le noir.

Avant de rentrer chez la fille, mon père n'a sans doute pas voulu me réveiller.

Compte rendu d'enquête après identification suite à un accident matériel de la circulation.

Le nommé Paul des Tures perd le contrôle de son véhicule et heurte une voiture stationnée. Paroles incohérentes, haleine alcoolisée, il est interpellé en état d'ivresse par les fonctionnaires du corps urbain.

Fait le 24 mars 1992 à 18 heures par le commandant chargé de la brigade accidents, F. Valon.

Garde à vue.

Je me nomme Paul Marie Joseph des Tures.

Je suis né le 10 décembre 1941 à Orléans, Loiret, de Raoul des Tures et d'Amélie de La Molinie.

Je suis marié à Suzanne Marie Thérèse de Mauperthuis depuis le 25 août 1967.

J'ai trois enfants à charge.

Je demeure au 46 avenue Dauphine à Orléans.

Je suis directeur de société d'impression publicitaire. NPK Conseil, sise même adresse.

J'ai effectué ma scolarité à Orléans et à Paris à l'issue de laquelle j'ai obtenu un diplôme de chimiste.

J'ai effectué mon service militaire dans le matériel classe 612c.

Je n'ai ni médaille ni décoration.

Je suis titulaire d'un permis de conduire, catégorie B, délivré le 3 mai 1962 par la préfecture du Loiret.

Je suis titulaire d'un permis de chasse national délivré par la préfecture du Loiret.

Je suis titulaire d'un compte bancaire à la Caisse d'épargne, j'ignore le numéro de compte.

Je suis connu des services de police suite à un contrôle pour excès de vitesse qui m'a valu une suspension de permis de huit jours.

J'ai un revenu mensuel d'environ 12 000 francs par mois.

Mon épouse perçoit un salaire de 5 000 francs par mois.

Je suis locataire d'un logement dans lequel se trouvent mes bureaux et verse un loyer mensuel de 4 800 francs par mois.

Sur les faits :

Ce 24 mars, j'ai déjeuné avec des clients au restaurant. Au cours du repas, j'ai consommé trois verres de vin rouge et un digestif, de la poire. Dans l'après-midi, j'ai bu une canette de bière. Vers dix-huit heures, je circulais quai de Prague, venant du pont Joffre, je regagnais mon bureau. À hauteur du 25 quai de Prague, un véhicule Ford était stationné en épi. L'arrière empiétait sur ma voie de circulation. Des véhicules venant en sens contraire m'ont obligé à serrer sur ma droite et j'ai légèrement heurté l'arrière gauche de cette Ford.

Avant l'arrivée de vos services, j'avais déjà établi un constat amiable avec la tierce personne en cause.

Je n'ai rien d'autre à déclarer.

Taux d'alcool : 0,86/litre et 0,93/litre d'air expiré.

Procès-verbal signé à 4 h 55 le 25 mars 1992.

Remise des effets personnels.

Fin de la garde à vue 5 h 20.

Les six premières heures de la garde à vue sont consacrées à son dégrisement.

Sur décision judiciaire du 3 septembre 1992.

Suspension de permis de conduire : cinq mois.

En remontant le quai, gare d'Orléans, j'ai immédiatement reconnu sa silhouette.

Il jette sa clope en visant les roues de la loco, dit « gagné », tend la joue sans m'embrasser, satisfait de son effet. Il attrape mon sac en disant « viens, on va boire un coup ». À ces moments-là, je lui passe tout.

Il m'entraîne en face de la gare, au rez-de-chaussée de l'hôtel de Blois. On s'installe sur les banquettes. Jusqu'à la fin des cacahuètes, on arrive à se faire croire que tout va bien. Je lui pose des questions, il répond « t'occupe ». Je reviens à la charge ; son permis de conduire, oui, il n'est pas près de le récupérer, les cognes le lui ont sucré.

– T'avais picolé. Cinq mois de retrait…

– Si on te demande, tu diras que tu n'en sais rien.

– Papa…

– Ça n'allait pas ce jour-là. C'était compliqué. J'avais la tête ailleurs. Un type m'a fait une queue de poisson, il m'a fichu les jetons ce con ! Alors, je l'ai rattrapé et au feu suivant, je lui ai fait la même chose. J'ai pas vu les flics. Ils m'ont chopé. Le grand jeu, papiers, alcootest, j'ai dû laisser la bagnole en plan et ils m'ont collé au trou. Je suis ressorti le lendemain, fin de l'histoire. Tu veux une autre bière ? Qu'est-ce que t'as à faire cette tête-là ? J'aime pas ton regard.

– Je m'inquiète.

– Il n'y a pas de quoi.

– Si. Quand tu reçois un coup de téléphone au bureau et qu'on t'annonce de but en blanc « ton père est en prison », tu crois quoi ? Je t'ai imaginé au parloir. J'ai eu peur.

– Au parloir. Au parloir. Tout de suite les grands mots. Pourquoi tu pleures ?

– Je pleure parce que je m'inquiète. Tu m'inquiètes. Et puis, je pleure parce que je n'ai pas de mouchoir.

– Voilà ! Ça, c'est une bonne raison. Je vais te commander une bière, faire tiche et t'attraper un mouchoir. Sèche tes larmes, ça me fout la chiale de te voir pleurer. Après j'ai un truc à te dire. Bouge pas.

Ce qui m'intéresse, c'est ce qu'il n'arrive pas à me dire. Il flotte entre une maison et un appartement, entre deux femmes. À moitié parti pour l'une, à moitié présent pour l'autre. Il n'a toujours pas remplacé le verre gauche de ses lunettes, continue de se frotter la paupière gauche à travers sa monture vide, hausse les épaules à entendre que cela n'amuse plus que lui. Quand il ne se dérobe pas, en guise de réponse, il m'annonce avoir inventé un nouveau jeu. Orléans Transactions. Une sorte de Monopoly d'Orléans. Avec le vrai nom des rues. Les joueurs investissent dans des programmes immobiliers, des boutiques, des centres commerciaux, des grandes surfaces. Il annonce fièrement, cette fois, avoir tout calculé. Il dit « file-moi un stylo » et crayonne son projet sur les serviettes en papier.

– Tu le vends où ton jeu ?

– Je croirais entendre ta mère. Saint Jean Bouche d'or.

– Elle est au courant ?

– On est en froid.

– Ça ne me dit pas à qui tu le vends.

– Réfléchis, pomme à l'eau ! D'abord, aux boutiques, ça leur fait de la pub. Une rue, une case, une boutique par catégorie. Un bijoutier, un libraire, un chausseur, la Chocolaterie royale, une agence immobilière, et tu recommences pour chaque rue. Tu piges ? Je ne veux que du pignon sur rue. Ça me paye la fabrication.

– Et après ? Tu l'écoules comment ?

– Oh ! T'es chiante ! Les boutiques, ça leur fait un cadeau pour leurs clients, une carte de visite. Et… Les grandes surfaces. T'y as pensé aux grandes surfaces, hein ? Et puis après, j'irai vendre mon idée dans d'autres villes. Même le Monopoly s'est arrêté à Paris, ils n'ont pas eu l'idée de la développer ailleurs.

Il s'allume une cigarette, termine sa bière et me demande avec une foi de nouveau converti :

– Alors ? T'en penses quoi ?

Je repense au fiasco de son Grand Jeu de la chasse et lui demande au volant de quelle voiture, si ça marchait, il voudrait rouler.

Il répond une Jaguar Type E.

Je lui fais remarquer qu'on ne tient pas à cinq dedans. Encore moins à six avec le chien.

Il a réponse à tout, il nous emmènera à tour de rôle.

Le jeu est sorti.

On a gardé la BX.

Il était content le jour où il a trouvé le nom de sa nouvelle société. Trois lettres, ça claque. N comme azote. P de phosphore. K comme potassium. Réminiscence de ses études de chimie et des cinq ans passés à la direction d'une jardinerie. À cette formule qu'on lit sur tous les sacs d'engrais, il a accolé le mot de Conseil, ça fait plus sérieux.

Il est revenu à ce qu'il sait faire, l'édition publicitaire. Création de logos, catalogues et autres impressions. Les parents travaillent de nouveau ensemble, retour à la Rome antique. Notre mère enfile le costume du serviteur chargé de répéter « *memento mori* » à ce général victorieux, son mari.

À sa création, NPK Conseil se fait discrète dans les discussions. Les contrats rentrent.

Dans les dîners bridge, Paul des Tures a la main. Il termine souvent premier.

Il rachète les parts de son actionnaire. Ma mère n'a pas de souci à se faire, c'est lui qui a signé la transaction. Il n'y a aucun couteau sous la gorge, il a étalé le règlement des actions rachetées sur cinq ans. Il fait restaurer le petit rubis de l'arrière-grand-mère de sa femme, le lui glisse dans sa serviette de table.

À la maison, NPK débarque de plus en plus souvent à l'improviste. Aussi insidieuse qu'une fuite d'eau infiltrant le placo, elle commence à monopoliser les discussions, s'empare du lit conjugal, creuse les cernes, tape au foie.

Il rassure sa femme. L'Afrique et le safari dont elle rêve, il les lui a promis, il va les lui offrir. En attendant, les escapades se terminent devant un plateau de fruits de mer dans le Cotentin. Au retour, les factures, les avis de lettres recommandées sonnent le glas de la lune de miel.

Le catalogue du spécialiste des safaris en Afrique passe de la table basse au porte-revues. Petit à petit, il disparaît sous la pile des journaux. Les dîners bridge se poursuivent. Les joueurs croisent les doigts pour ne pas tomber avec lui. Il engueule ses partenaires s'il juge leurs annonces sans audace. Un soir, il quitte la table de jeu, laissant sa femme en plan.

La cessation de paiement est proche. Il dit « le bridge m'emmerde », il préfère la belote au bistrot avec ses copains.

Deux procès sont en cours.

La somme qu'il est condamné à régler pour le premier sera couverte par le second. Ça ne fait pas l'ombre d'un doute. Même l'avocat se montre confiant. Détournement de clientèle par un employé licencié, campagne de dénigrement auprès des clients de NPK Conseil alors en redressement judiciaire, ça va chercher loin. Aux yeux de la loi, ça s'appelle perte de chance. Paul des Tures spécule sur les montants des préjudices subis.

Un matin de décembre, trois jours avant les cinquante et un ans de son mari qu'il fête avec l'autre, arrive au courrier le compte-rendu du jugement.

Ma mère remonte dans sa chambre, s'assied sur le rebord de son lit pour décacheter l'enveloppe.

Le premier procès est perdu, le second gagné.

Elle cherche à le joindre, le lui annoncer.

Comme au bridge, ce jour-là, il fait le mort.

Injoignable.

Quand je ne suis pas en avance, je fais comme lui.

Je commence par m'arrêter au bistrot pour trouver un alibi. Je viens de changer d'agence immobilière, la nouvelle est spécialisée dans la location d'appartements de fonction.

À court d'idées devant mon café, j'en commande un second comme il le ferait, maintenant. Moi à Paris, lui à Orléans.

L'agence immobilière appartient à deux associés. L'un s'appelle Stéphane, l'autre Jérôme. Ils ont la trentaine entrepreneuriale, l'épouse svelte, des rejetons aux prénoms originaux que leurs jeunes filles au pair sont incapables de prononcer.

Je vis plume au vent, sans montre ni particulière attache. On me porte volontaire pour les visites tard le soir, celles des week-ends et des jours fériés. Je partage un appartement et ce qu'il me reste d'insouciance avec une amie,

Florence, qui m'a fait rejoindre l'agence. Nous sommes chapeautées par la même directrice, Michèle, sensible, aux ongles carmin, qui sème ses peines de cœur au volant de sa décapotable.

Ce matin, le point hebdomadaire se tient dans mon bureau.

La réunion est interminable. Je dessine des constellations avec les cristaux de sucre qu'il reste du paquet de chouquettes. Michèle ne résiste pas à la flatterie ni aux excuses sucrées.

Il est midi, premier mercredi du mois, la sirène des pompiers couvre les objectifs dictés par la direction. Michèle les inscrit sur le tableau en faisant couiner ses feutres. Au moment où elle entoure de rouge le pourcentage de marge à atteindre, mon poste se met à sonner. Elle a donné pour consigne à l'accueil de ne nous transférer aucun appel ; je laisse sonner.

– Décroche ! C'est pénible..., s'impatiente Michèle en traçant des flèches sur le tableau.

– Il y a un type qui cherche à te joindre, annonce la standardiste.

– C'est qui ?

– Je ne sais pas, j'ai pas retenu son nom, il a parlé trop vite, il dit que c'est urgent.

– Demande-lui ce qu'il veut, je le rappelle après.

– Il dit qu'il travaille avec tes parents, il insiste pour te parler. Je te le passe.

– Louise ? C'est monsieur Haddad. Votre mère a un problème, elle vous rappelle dans cinq minutes.

Je sens l'urgence de sa voix. Il raccroche précipitamment, je reste le combiné à l'oreille, les filles ont pivoté leurs chaises à roulettes vers moi, sans les regarder, je compose le numéro de l'accueil :

– Cathy, ma mère va chercher à me joindre dans cinq minutes. S'il te plaît, passe-moi l'appel.

La réunion reprend, je mâchonne la gomme de mon portemine, inquiète.

Michèle change de feutre, elle énonce les nouvelles missions de notre service, un verbe par objectif, les filles m'observent du coin de l'œil, j'attends, les yeux sur le téléphone.

– Louise ? Tu m'écoutes ?

– Non. Pardon.

– C'est agréable, répond-elle, pincée.

– On vient de me dire que ma mère avait un problème, elle va rappeler dans cinq minutes. Je ne sais pas ce qui se passe. J'aime pas ça.

Je me refuse à imaginer. Je me force à ne rien envisager, j'attends.

Mon poste sonne à nouveau.

À la première sonnerie, les filles se figent. Je serre les poings, on se regarde, deuxième sonnerie, je me mords les lèvres. Je saisis le combiné à la troisième.

– Louise...

– Maman, dis-moi ce qui se passe ?

Elle marque une pause.

– Ton père s'est suicidé.

Sa voix que je ne reconnais pas s'étrangle. Elle cherche sa respiration. Je tourne ma chaise, dos aux filles, je fixe le mur, ferme les yeux, j'imagine comment. Je cherche le moyen, ses mots résonnent, une corde, un tabouret, la cave, un escabeau, une poutre, le grenier. Je ne vois rien. Le mur blanc.

Je pense à la route, un platane, sa voiture pliée. Le sang. Partout du sang. Je n'ai pas explosé en hurlant, mon calme me surprend, je reste assise sur ma chaise, mon portemine à la main, le téléphone dans l'autre, je ne réussis qu'à lui demander où. Elle ne répond pas, je répète, mais où ?

– Dans une voiture...

Je fixe le mur, sans parvenir à imaginer. Elle sent mon incompréhension, elle ajoute « avec un fusil ».

Mon portemine vient de se casser.

– Il faut que tu rentres au plus vite. Jeanne. Tu dois l'annoncer à ta sœur, je veux que ce soit toi qui le dises à Jeanne. Moi… je n'y arriverai pas.

Sa voix s'est évanouie, je n'entends plus rien, autour d'elle je distingue des paroles étouffées, je prononce plusieurs fois maman dans le vide, il y a une hésitation, on se passe le combiné, j'attends. Une amie de ma mère reprend le téléphone.

– Louise, c'est moi, Christine. Tu m'entends ?

– Oui.

– Ta maman ne peut pas parler. Elle est sous le choc. Il faut que tu rentres. On ne trouve pas ta sœur, on a appelé son lycée, elle a dû sécher les cours, on la cherche partout.

– C'est arrivé quand ?

– Il y a une heure.

Sa voix part en vrille.

– Il ne faut pas que ta sœur l'apprenne par quelqu'un d'autre. Rentre.

Elle attend que je dise « j'arrive » pour raccrocher, j'ai toujours la main cramponnée au combiné, le portemine cassé dans l'autre, je me retourne vers les filles, les yeux secs, mes lèvres collées, je m'étonne de réussir à parler, quatre mots : « Mon père s'est suicidé. »

La directrice lâche son feutre, les mains plaquées sur la bouche, je reste impassible. Je me demande pourquoi elle pleure, dans ma tête je la traite de conne. Les filles s'approchent de moi, elles veulent m'entourer, je les repousse doucement, j'arrive à sourire, vaguement, je ne veux pas que l'on me touche, que l'on me parle, entendre des mots maladroits, que l'on me pille ce moment. Je veux sentir le sang qui a déserté mon visage, mon engourdissement, le bourdonnement dans mes oreilles, mes mains blanches, je parle au ralenti, sans reconnaître ma propre voix, je quitte la pièce en m'efforçant de marcher droit, « je vais prévenir Jérôme ».

Il s'avance vers moi, décomposé, Michèle l'a déjà alerté. Ils s'agglutinent autour de lui, de moi, au milieu du couloir, leurs visages atterrés, leurs regards étranges, je n'arrive pas à faire ce qu'ils attendent de moi, m'effondrer.

Je leur répète que je dois rentrer, je dois l'annoncer à ma sœur. Je dois me convaincre que je ne le reverrai plus.

Florence hoche la tête, Jérôme lui murmure des indications dans le col de son caban, ils regardent la moquette. J'ai enfilé mon manteau, Michèle a deux rigoles de mascara qui lui barrent les joues. Florence tourne les clés de voiture dans sa main, elle m'emmène à Orléans, je lui demande ce qu'elle veut, je vais à la boulangerie, elle fronce les sourcils, comprend, répond « comme toi », elle me cueillera devant.

J'ai commandé deux quiches, comme si de rien n'était, deux canettes de soda, la boulangère attend avec ses pinces qu'elle fait claquer au-dessus du plateau de macarons. Mon père vient de se suicider, parfum chocolat ou café ? J'hésite.

Florence ne connaît pas la route, moi non plus, je n'ai pas mon permis, Orléans, j'y vais, j'en reviens par le train. Nous prenons la N118, embranchement loupé, nous sommes devant la prison de Fleury-Mérogis. Comment peut-on se marrer comme maintenant je me marre alors que son père vient de se donner la mort avec un fusil ? J'ai avalé ma quiche, bu mon soda, boulotté mon macaron. Florence se gare au coin de la rue. Il est seize heures.

– Tu ne veux pas venir à la maison prendre un café ?

– Je crois qu'il vaut mieux que tu y ailles.

– Flo... Me laisse pas... Je ne sais pas comment je vais le dire à Jeanne. Elle l'aime tellement, papa. Je vais la bousiller. Et Gabriel. Dans quel état je vais le retrouver ? Il vient d'avoir quatorze ans. Il est trop petit pour affronter ça. Je me demande comment maman a pu le lui annoncer.

Florence fixe mes gants en daim, ils ne sont que morve et coulures de maquillage, elle me tend un rouleau de Sopalin.

– Allez, vas-y. Tu vas trouver les mots. Moi je rentre. Je serai à l'appartement ce soir, tu m'appelles à n'importe quelle heure. Et tu restes avec les tiens autant que tu veux, c'est Jérôme qui m'a demandé de te le dire. D'accord ?

Je hoche la tête, quitte sa R5, la regarde s'éloigner et remonte la rue. La porte de la maison est ouverte, un attroupement devant, le labrador va de l'un à l'autre sur le trottoir, paumé.

Je rentre sans trop regarder, j'embrasse mon grand-père qui répond « pauvre gosse », croise une tante, un oncle. Je cherche ma mère, elle est dans l'entrée, les yeux boursouflés, le visage rouge et blanc, marbré, un mouchoir en boule dans la main.

– Mais qu'est-ce que t'as fait ? T'en as mis du temps. Je m'inquiétais.

Je ne sais pas la prendre dans mes bras, elle ne sait pas me prendre dans les siens.

– Florence m'a déposée, on s'est perdues. Elle est rentrée Jeanne ?

Gabriel se tient au pied de l'escalier. Je le serre contre moi. Il se dégage, il est livide, son regard voilé, je l'entends me dire « Il était con parfois mais je l'aimais bien quand même. » Nous restons les yeux dans les yeux, sans mot.

– Louise, viens, il faut que je te parle, me lance ma mère.

Je la suis dans la salle à manger, elle ferme les portes, se tient derrière les voilages, elle guette ma sœur.

– C'était un accident.

Elle voit que je ne comprends pas.

– Ton père, c'est un accident. Il a prêté un de ses fusils à un ami. Je ne sais pas à qui. Quand on le lui a rendu, les cartouches étaient bloquées dedans. Ce fusil était dangereux, ton père a téléphoné à l'armurier pour le lui apporter. Il n'avait pas sa voiture mais celle de... Celle de la fille. C'est une deux portes. Il a attrapé le fusil qui était sur la banquette arrière par le canon, le coup est parti.

– C'est ce que tu veux que je raconte à Jeanne ?

– La police me l'a confirmé, c'est la vérité. Il y a eu une enquête parce que ça s'est passé dans la rue. J'ai été entendue cet après-midi. Ce matin je t'ai prévenue tout de suite, j'ai cru qu'il s'était suicidé, ça venait de se produire, je n'avais pas d'information. Mais c'est un accident. On ne se suicide pas dans la rue, pas comme ça. C'est un accident, tu entends ?

– Pourquoi tu veux que ce soit moi qui l'annonce à Jeanne ? Je t'en voudrai toute ma vie. Tu le sais ça ? Toute ma vie.

– Elle le supportera mieux si ça vient de toi.
– Un accident…
– Oui, c'est un accident.
– C'est ce que je dirai à Jeanne. Mais moi, tu vois, après ce que tu m'as dit ce matin, je ne sais plus quoi penser.
– Je te le répète encore une fois, c'est un accident. Il est mort sur le coup, il n'a pas souffert.

La porte de la salle à manger s'est ouverte, j'entends « Jeanne vient d'arriver ». Je me lève, regarde ma mère, lui répète « toute ma vie », elle baisse les yeux, je traverse l'entrée, avance vers ma sœur.
– Qu'est-ce qui se passe ?
– Viens, faut que je te parle.
Elle retire sa main, regarde l'entrée, voit son frère, notre mère.
– Il est arrivé quelque chose à grand-mère ?
– Non. Elle est là, dans le salon.
– Qu'est-ce qu'il y a ? Putain ! Dis-moi ce qui se passe.
– Viens, on va dans le bureau.
Elle me suit, je referme la porte, nous sommes debout.
– Assieds-toi.
– Non, lâche-moi, dis-moi ce qu'il y a. Je ne comprends pas ce qu'ils foutent là, les autres, avec leurs tronches de vautours ?

– Jeanne, c'est papa… Il a eu un accident. Les pompiers n'ont pas pu le ranimer. Il est mort sur le coup.

– Non ! C'est faux. Non ! Pas lui. Dis-moi que c'est faux !

Elle hurle, les yeux en feu, elle shoote dans la chaise, jette les coussins du canapé, dégomme le répondeur, envoie valdinguer ce qui se trouve sur le bureau, me frappe et s'écroule en boule sur le parquet. Je m'approche d'elle, la relève, elle se laisse faire, je l'assieds, lui raconte lentement comment c'est arrivé. Elle s'agrippe à un des coussins du canapé, se mouche dans ses doigts, s'essuie sur son jean, elle secoue la tête, répète « non » à voix basse.

Ma mère pousse la porte de la cuisine, je suis debout devant la bouilloire électrique, je prépare une verveine que je ne boirai pas, j'agis de façon mécanique, les idées brouillées, je n'arrive pas à pleurer.

Malgré mon col roulé, mon écharpe, ma veste, j'ai froid.

– Je me suis vengée, annonce-t-elle dans mon dos. La fille… Je l'ai appelée.

Je me redresse au ton anormalement fier de sa voix.

Ma mère ne nommait pas la maîtresse de son mari, elle parlait de la fille ou de l'autre.

Je la laisse poursuivre en fixant le voyant orange de la bouilloire, je n'ai pas envie d'affronter son visage bouilli, ses cernes, son regard bouffi qui lui fait des yeux de poisson japonais.

Elle ne m'avoue pas qu'elle devait trembler quand elle a demandé Fabienne Maublanc. La fille a répondu oui. Elle dit avoir laissé un silence avant de se présenter, « c'est Suzanne des Tures ». J'imagine la fille, téléphone à la main, reculer d'un pas.

Je tourne légèrement la tête vers ma mère, elle regarde la nuit à travers la vitre de la porte-fenêtre, elle se tient droite contre le radiateur, ses mains cramponnées aux colonnes de fonte.

– Je ne lui ai pas laissé le temps de parler, poursuit-elle. J'ai dit que j'avais besoin du costume gris de Paul, avec une chemise blanche, une cravate unie, mais sombre, ses mocassins noirs cirés et des chaussettes foncées.

Ma mère est tenace et fidèle à ses rancœurs. Elle n'agit pas sous la colère, la sienne est blanche.

– Je lui ai demandé de préparer les affaires dans un sac et ajouté qu'une amie passerait le récupérer dans une heure ou deux. Elle n'a pas compris, elle a dit pourquoi. J'ai attendu. Elle a répété pourquoi. J'ai senti qu'elle commençait à mollir. Et là je lui ai répondu très calmement : Paul est mort ce matin. Et puis j'ai raccroché avant qu'elle ne me demande comment.

J'ai tâté les poches de ma veste, attrapé une cigarette et mon briquet, tiré une longue bouffée.

– Donne-m'en une.

– Tu détestes ça.

– Ce soir, j'en ai envie.

Je lui tends mon paquet, lui allume sa cigarette, elle grimace, chasse la fumée d'une main.

– Tu ne préfères pas un verre ?

Elle dit non, s'avance vers l'évier, tourne le robinet, passe la cigarette sous le jet, la jette à la poubelle.

– Tu me trouves dure ?

Je ne réponds pas.

– Dis-le que tu me trouves dure. Tu as toujours pris la défense de ton père.

– On ne parle pas de lui. On parle de la fille. J'aurais peut-être fait pareil que toi. J'en sais rien. Mais ça faisait plus d'un an qu'il vivait avec elle, c'est raide de l'apprendre de cette façon-là.

– Raide... répète-t-elle, en levant les yeux au ciel. Raide... Et pour moi ? Qu'est-ce que tu crois ?

– Je crois que ça l'est depuis le départ. Je ne vous ai jamais vus très heureux ensemble.

– Je ne sais pas où tu vas chercher ça. On a été très heureux, de vous avoir, de vivre en Belgique et puis à Nantes. Après...

– Même avant maman. Tu me l'as dit. Il voulait annuler le mariage.

– Il venait de perdre son père. J'ai cru que c'était à cause de ça. Je voyais bien qu'on ne s'accordait pas sur tout, mais il pouvait être drôle, il avait de l'allure, il était généreux, tourné vers les autres, pour le reste, je pensais que j'allais réussir à le changer.

Elle fond en larmes, debout, les mains devant les yeux.

Je ne sais pas ce qu'elle pleure, où frappe exactement sa douleur, elle répète la voix sciée « Quel con, mais quel con ! »

Je n'ose plus poser de questions, elle relève la tête, prend une longue inspiration. Les deux mains sur le rebord de l'évier, elle se tient de dos. Elle est plus petite que d'habitude, je n'ose pas l'approcher, ni la toucher, me serrer contre elle.

– Demain j'irai préparer la messe. Tu veux m'accompagner ?

– Non mais je voudrais une chose.

– Quoi ? Quelle chose ?

– Je ne veux pas qu'on assiste à la descente de son cercueil quand on sera au cimetière.

– Pourquoi ?

– Je ne veux pas que son cercueil cogne contre les parois. Je préfère qu'on lui dise au revoir dans le cimetière, pas à côté de sa tombe. C'est tout ce que je te demande.

– Je verrai. Va chercher ton frère et ta sœur. On va faire une prière.

– Une prière ?

– Oui, une prière.

– Qu'est-ce que ça va changer ?
– Ça va nous aider. Nous aider à réfléchir.

Nous nous retrouvons dans le salon. Notre mère allume une bougie, la pose sur le rebord de la cheminée, devant le miroir où mon frère a glissé la photo que lui a dédicacée un mannequin star. « Pour Gab, with love. Karen Mulder. »

Ma mère reprend la bougie, on la suit vers la salle à manger. Elle se poste devant le buffet, joint les mains, laisse s'installer un silence, nous demande de nous tenir par la main et entame lentement devant la flamme qui tremblote : « Notre Père qui êtes aux cieux, que votre nom soit sanctifié… »

Nous remuons les lèvres, prions en playback, nous regardant les sourcils aux cieux, roulant nos yeux ; notre mère récite sa prière, les paupières abaissées.

« … Que votre volonté soit faite, sur la terre comme au ciel. Donnez-nous aujourd'hui notre pain quoti… » Soudain, un craquement sinistre et une chute.

Le portemanteau venait de se décrocher.

Depuis trois ans, ma mère priait son mari de le fixer.

Se présente au commissariat Suzanne des Tures. 3 février 1993. 16 h 40.

Le fusil que vous me présentez et avec lequel mon mari s'est mortellement blessé est bien sa propriété.

Mais ce n'est pas son arme habituelle de chasse.

Je ne me souviens pas avoir vu mon mari utiliser cette arme depuis longtemps. Elle se trouvait rangée à la maison, derrière une armoire ; le canon toujours protégé par cette housse.

Mon mari m'avait dit récemment qu'il comptait la porter chez l'armurier dans le but de le charger de la vendre. Il ne m'a pas précisé quand il comptait lui apporter ce fusil. J'avoue que je ne me préoccupais pas de ces choses-là. Je n'y ai pas particulièrement prêté attention.

En ce qui concerne le fait que cette arme ait été approvisionnée de deux cartouches, cela est très surprenant. Mon mari est... Mon mari était un chasseur averti, il manipulait souvent des armes de chasse. En ce domaine, il avait plutôt l'habitude de se montrer particulièrement vigilant.

Il est possible, comme cela lui arrivait parfois, qu'il ait prêté cette arme et qu'il ait oublié, lors de sa restitution, de vérifier si elle était chargée. Cela pourrait remonter à un an ou deux.

Je prends acte de vos constatations et de l'enquête effectuée. Je ne peux à ce propos qu'émettre des suppositions, mais sans preuve formelle, pour moi il s'agit d'un regrettable accident.

Aucune autre hypothèse n'est sérieusement envisageable.

Pour répondre à votre question, mon mari ne buvait que rarement, lors d'occasions particulières.

Je prends acte que vous me remettez les documents nécessaires à l'inhumation de mon mari.

Je prends acte que vous me remettez ses effets personnels : deux trousseaux de clés, l'un de voiture, l'autre d'appartement, un briquet jetable, son alliance et sa chevalière.

Je prends acte que la voiture est restée stationnée sur les lieux et qu'elle est à ma disposition.

Je prends acte que le corps de mon mari est à la morgue du CHR d'Orléans.

Je me charge de faire procéder aux obsèques.

Je n'ai rien à ajouter.

Le premier jour de la vie sans lui s'est levé. À peine rentrée à la maison, ma mère me demande de la suivre dans la salle à manger, referme la porte derrière moi en disant « assieds-toi ».

Je tire une chaise, son visage est ravagé. Elle desserre son écharpe, ne se sépare pas de son manteau, pose un sac de voyage à ses pieds, cherche ses mots, hésite, ses lèvres se resserrent, elle abandonne.

Empêtrée dans son silence, elle soulève le rabat de son sac à main, en sort *La République du Centre* qu'elle a pliée en quatre.

Elle baisse les yeux, pose le journal sur la table, le fait glisser vers moi, ses doigts sont blancs, gelés.

Il fait la une des faits divers.

Elle dit que ce sont des salauds, m'assure qu'elle a fait ce qu'elle a pu, elle a téléphoné partout, sollicité jusqu'à l'intervention du maire. Elle parle sans respirer, liste les noms des personnes qu'elle a contactées pour éviter cet article, je lui coupe la parole en lui disant que je m'en fous.

Sa tête de martyre m'exaspère, elle le sent, prend les devants et me répète : « Je fais ce que je peux. »

J'entends son impuissance qui râpait les nerfs de mon père. Elle et son fatalisme. Elle et son atavisme, cette façon de s'en remettre à Dieu, de subir, s'écraser plutôt que de faire des vagues.

Mater dolorosa.

Penchée sur le journal, je l'écoute de loin. Les mots me sautent à la gorge : un fusil, la rue, se tue.

Je parcours le texte sans parvenir à l'intégrer. Relis plusieurs fois le sous-titre. « C'est en voulant sortir l'arme de sa voiture que Paul des Tures est mort accidentellement d'une décharge de plombs hier matin. Cet homme de 51 ans était un passionné de chasse. »

La violence de la photo m'hypnotise, mes questions qu'elle redoute s'évaporent. Sur le cliché en noir et blanc, un agent tente de recouvrir la partie encore visible du corps étendu à plat dos sur le trottoir, il tente de maintenir une sorte de bâche, roide comme une feuille de papier, prête à se soulever. On distingue le sang qui file dans le caniveau, son sang, le mien.

Je devine son visage, ses yeux clos, sa peau trouée. Je ferme les yeux, les réouvre, reviens sur la photo. Je m'attarde sur la scène, son absurdité, le préposé à la circulation au milieu de la rue qui attend les voitures, absentes. Trois autres agents se trouvent sur le trottoir opposé, devant la devanture de l'armurerie, l'un d'eux répond à un homme en parka, cahier de notes sur son avant-bras. Un passant s'est incrusté, il avance, les mains enfoncées dans les poches de son manteau, le visage tourné vers la couverture prête à s'envoler. Il a dû raconter à sa femme, téléphoner à son entourage ce à quoi il a assisté, acheter le journal ce matin, dire « j'y étais ». Je ne vois que ce sang qui m'obsède, la bâche barbouillée, je sens le regard de ma mère, je relève la tête, hébétée.

– Ton frère et ta sœur ne doivent pas voir ça, dit-elle en me retirant le journal des mains. J'ai acheté tous les exemplaires que j'ai pu trouver dans le quartier. Je veux que tu fasses disparaître ceux qui sont encore en vitrine et sur les présentoirs.

– Mais qu'est-ce que tu veux que je leur dise ?

– Que c'est ton père.

– Maintenant ?

– Oui, maintenant. Je dois aller aux pompes funèbres.

– Papa reste à l'hôpital, tu ne le fais pas rapatrier ici ?

– Il reste à l'hôpital. Tu veux aller le voir ?

– Non.

– Si tu veux, tu peux y aller.

– Je viens de te dire non. Quand est-ce qu'on l'enterre ?

– Je ne sais pas. Samedi, je pense.

Elle se lève, m'ôte des mains le journal qu'elle fourre dans le sac de voyage avec les autres exemplaires. J'ai les coudes sur la table, la tête entre les mains, j'essaye de comprendre ce qu'elle me tait. Si je ferme les yeux, la photo réapparaît.

Ma mère ouvre la porte, se retourne vers moi, m'observe en mordant ses lèvres qui blanchissent et me demande depuis le couloir si je ne veux pas aller chez le médecin. Je me redresse, surprise, et demande pourquoi.

– Tu ne pleures pas.

Elle ne me laisse pas répondre, ni expliquer mes yeux secs. Elle doit s'imaginer à tort que je refuse de le voir pour le croire encore un tout petit peu vivant.

Je préfère lui taire la visite de ce matin. Cela n'aurait fait qu'accentuer sa panique. La maison dormait encore, elle devait déjà faire le tour des marchands de journaux.

Ça a sonné deux fois. Le temps que j'aille ouvrir à un type bizarre, vêtu de sombre, le teint chloré, des souliers pointus, un porte-documents à la main.

Il s'est présenté comme huissier de justice.

J'ai répété étonnée « huissier de justice ». Il cherchait Paul des Tures.

De mon air hagard, mon grand sourire, de l'assemblage de mon caleçon en dentelle dépassant d'un gros pull en laine, je ne sais ce qui l'a le plus surpris.

– Je cherche Paul des Tures, a-t-il répété. C'est bien son domicile ?

J'ai répondu oui. Il a demandé à le voir. Il devait lui remettre un courrier en mains propres. J'ai agrandi mon sourire en faisant non d'un signe de la tête.

– À vingt-quatre heures près, c'était bon. Là, il est à l'hôpital. Demandez la morgue. J'imagine qu'ils vous indiqueront le tiroir.

Il a écarquillé les yeux, j'ai refermé la porte en lui souhaitant « belle journée monsieur ».

– T'es pas encore partie ? s'étonne ma mère surprise de me trouver dans la salle de bains. Nos regards se croisent dans le coin du miroir, la main sur la poignée de la porte, elle soupire, ses épaules s'affaissent.

Elle se demande ce que j'ai dans la tête, pourquoi je me suis changée, comme si c'était l'urgence.

Je replonge la brosse du mascara dans le tube, me penche vers la glace, lui assure que j'y vais en revissant tranquillement le capuchon de mon mascara. Je fouille ma trousse, sors un pinceau, un poudrier.

– Regarde..., c'est comme si j'étais partie.

Elle ne relève pas, adopte son visage impassible. Elle s'écarte légèrement, me laisse passer, je l'embrasse sur la joue pour m'encourager, elle ne s'y attend pas, se raidit, je n'atteins que le col de son manteau mouillé.

– Allez..., j'y vais.

Elle essaye un sourire, me tend son parapluie, s'enferme dans la salle de bains.

Du pied de l'escalier, la gueule posée sur ses pattes, la truffe au ras du carrelage, le labrador de mon père me suit des yeux. Sa queue balaye mollement le mur à mon passage, il ignore qu'il n'ira plus à la chasse ni à la pêche. Il n'entendra plus la voix de son maître le traiter de chien de con.

Je cherche mon paquet de cigarettes, extirpe de mon sac mon Walkman, mon agenda, ma carte de métro, je gagne du temps avant de me retrouver face à des vendeurs de journaux qui diront à leurs proches pendant la pause déjeuner : « Tu devineras jamais. T'as vu le type qui s'est flingué dans la rue ? Oui, c'est ça, devant une armurerie. Sa fille est venue me demander de défaire les unes des trépieds... »

J'attrape mon manteau et quitte la maison.

Le parapluie se fiche en corolle à la première bourrasque. Je m'arrête pour replacer les baleines, rien n'y fait, je tire un gant avec les dents, la pluie s'en mêle. J'avance le parapluie cassé face au vent, la pluie redouble en me peaufinant un regard auquel on ne peut rien refuser. Je renfile mon gant, tiens le parapluie des deux mains qui se retourne à nouveau. Je fais quelques pas et le bazarde en le cognant de toute ma hargne contre le rebord d'une poubelle.

J'atteins rapidement Le Narval qui fait aussi tabac et café. *La République du Centre* n'a pas lésiné sur les tirés à part. Le quart de page occupe la quasi-totalité de l'affichette. Paul des Tures a éclipsé l'inauguration de la médiathèque. Lui qui ne lisait que des *SAS*, des *Astérix*, des *Lucky Luke* et des *Boule & Bill* prive l'attaché culturel de la mairie de son jour de gloire, il parvient même à reléguer l'affaire Grégory au troisième plan.

Je me glisse dans la file d'attente, les jambes en ciment. *La République du Centre* à la main. Au moment d'affronter la caissière, je passe mon tour, la partie Maison de la Presse ne désemplit pas.

Je réintègre la file, tends le journal et ma carte d'identité au pull en mohair qui tient la caisse. Elle redresse la tête en faisant un léger mouvement sur la gauche pour replacer sa mèche.

– Votre carte d'identité, vous devriez la ranger. C'est vite perdu ces choses-là.

– Madame, pourriez-vous lire, s'il vous plaît, le nom sur cette carte ?

Ses lunettes pendent sur un cordon, elle les attrape, ouvre les branches d'un léger coup de main, froisse ses sourcils roux dessinés au crayon.

– Louise des Tures. C'est votre carte ou vous l'avez trouvée ?

– C'est ma carte.

– Ben alors quoi ? dit-t-elle en haussant les épaules.

– Vous pouvez regarder ce qui est écrit sur le journal ?

– Il y a des gens qui attendent derrière vous.

– Madame, la photo, vous la voyez ?

– Oui, je la vois. Et alors ?

– C'est mon père. J'habite à trois cents mètres. Mon frère a quatorze ans, ma sœur, à peine dix-huit. Imaginez que ce soit votre mari sous cette bâche. Vous ne demanderiez pas à faire enlever les affiches qui sont partout dans le quartier ?

– Peut-être bien.

– C'est ce que je suis venue vous demander.

Elle me coule un regard compassé, le temps de réfléchir à l'attitude à adopter, s'intéresse de nouveau à la photo. Le cas de conscience lui tord les lèvres, elle dit « attendez voir » sur un ton de promesse. La queue s'est allongée derrière moi, les clients attendent le dénouement. Elle descend de son tabouret, se penche pardessus sa caisse, tend son cou de tortue vers le comptoir et appelle Michel.

Pas de réponse. Elle se racle la gorge, met en cause le sifflement du percolateur, réitère un ton plus haut, aucune réaction.

– Voyez avec Michel, le monsieur à la chemise à carreaux, dit-elle en hissant sa silhouette de baba au rhum sur son tabouret.

Je quitte la file sous les regards gênés, m'installe au comptoir entre les habitués.

La chemise à carreaux qui s'affaire sur un café crème, se retourne :

– Ce sera quoi ?

– Un expresso s'il vous plaît.

Il m'adresse un signe de la tête, presse les touches de son perco, envoie les cafés déjà commandés, fait des zigzags derrière son comptoir, encaisse, débarrasse, remplit les machines en cognant les tasses, j'hésite.

– Je peux vous demander quelque chose s'il vous plaît ?

– Un verre d'eau ?

– Non. Merci. C'est la personne des journaux qui m'envoie vers vous.

– Qu'est-ce que vous me voulez ? demande-t-il en faisant des ronds sur son comptoir avec une lavette.

– Ce serait gentil si vous pouviez faire enlever des présentoirs les affiches de *La République du Centre*.

– Et pourquoi ça ?

– C'est mon père. Sa photo est exposée partout dans le quartier. Et… Vous comprenez ?

La lavette s'immobilise. Il baisse les yeux sur l'article que je viens de poser sur le bar, la lavette disparaît sous le comptoir, il s'essuie les mains sur les poches arrière de son jean, saisit le journal.

Je guette sa réaction. Mes voisins de bar, à l'affût, se sont rapprochés.

Du fond de la salle, le garçon de café beugle « une pression, une orange pressée, une noisette ».

Accaparé par l'article, Michel réclame deux secondes. Il relève les yeux, me voit sortir mon porte-monnaie et dit « c'est pour moi ». Son geste me désarçonne. Il balbutie « condoléances », m'assure qu'il va faire le nécessaire, il n'a pas eu le temps de regarder le journal depuis ce matin, il répète « Ben merde alors ! » Il ajoute : « Enfin pardon, mais j'ai pas d'autres mots, je le voyais souvent, ça me fiche un coup. »

Il se retourne, dévisse le bouchon d'une bouteille de calvados, attrape un verre, le remplit à ras bord, le fait glisser sur le comptoir. Je fais comme il dit, je le bois d'un trait.

Ma mère serait rassurée, je n'ai plus les yeux secs.

De son enterrement, pour tout souvenir, je n'ai que des sensations.

Se forcer à fixer les talons de quatre de ses neveux qui ont porté son cercueil dans l'église, celle-là même où il s'était marié.

Fuir les regards et les larmes des autres par peur de la contagion.

Entendre l'église renifler dans mon dos.

Le bruit du cercueil posé sur des tréteaux.

Vouloir dire *Amen* sans pouvoir émettre aucun son.

Sentir contre mon épaule gauche les tremblements de Gabriel. Ce samedi-là, à cette heure-là, il aurait dû jouer au bowling avec son père.

Mettre en boule mes mouchoirs en les serrant dans mon poing.

Trouver le regard de Jeanne. Se parler par un sourire timide, se comprendre en abaissant nos paupières.

Éviter de regarder ce cercueil qui brûle les yeux, à ma droite.

Tenir.

Songer à un dérivatif pour y parvenir.

Penser à la fille. La chercher.

Se demander comment et à quel détail la repérer.

Observer chaque personne passant dans la file de droite pour communier.

Se demander si la fille a choisi l'autre file, se dire qu'elle est peut-être restée au fond de l'église.

Prier pour qu'au deuxième tour, celui du goupillon, elle se glisse dans cette file qui me frôle.

Lutter contre ce froid qui pince en recroquevillant les doigts dans mes gants non doublés.

Voir la petite lumière rouge sur l'autel vaciller quand les larmes rattrapent.

Regretter de ne pas avoir vu celle que je cherchais.

S'écarter du nuage grisâtre que crache le corbillard quand il démarre.

Le suivre à pied dans des vapeurs de diesel.

Quitter le cimetière sans se retourner.

Il nous a laissé son silence pour note explicative. Quinze ans sont passés, nous ne cherchons toujours pas à remplir les blancs.

J'ai laissé partir ma mère, il y a huit ans, sans fouiller ses non-dits.

Avant de mourir, elle a subitement interrompu un *Je vous salue Marie*, j'ai cru qu'elle allait parler. Elle a simplement affirmé : « J'aurais dû faire comme Louise… me taper plein de mecs. »

Les regards ont convergé sur mes mains disjointes. J'ai réfuté, ma mère a persisté. J'ai placé ses regrets sur le compte de la morphine, proposé une tournée générale de Magnificat, caramels qu'entre deux tours de rosaires une de mes tantes suçait.

Plein de mecs c'est beaucoup. Elle a enjolivé, comme mon père le faisait. Il m'a forgée au mensonge. Elle, à l'omission.

Je n'aimais pas forcément, j'étais pareille aux alcooliques ; un verre c'est trop, cent pas assez.

Ma mère, on ne pouvait que la plaindre de ne pas avoir épousé l'homme qui lui correspondait.

Elle nous a glissé une lettre dans le livret de famille. À décacheter, ce jour où la mairie tamponnerait son certificat de décès.

Ses mots datent de la fin de l'été.

Elle écrit : « Mes chers enfants, quand vous lirez ces lignes, je serai partie rejoindre tous ceux que nous avons aimés mais je demeure auprès de vous à jamais. »

Lire ses lignes à voix haute est hors de portée.

« Les joies, les peines vous ont fortifiés, soudés.

Restez unis, généreux et honnêtes, joyeux et tournés vers les autres. »

Nous gardons, ma sœur et moi, copie de sa lettre, cédons l'original à notre frère.

La maison est débarrassée de ses vêtements. Il reste dans le tiroir de sa commode, plié au format de la boîte orange, le seul foulard que lui a offert son mari, elle ne l'a pas souvent porté.

Le service des pompes funèbres a fermé les yeux devant notre requête. Accepté de scotcher, dans son cercueil, sa radio portative, marquée au feutre d'un trait sur Europe 1 et France Inter, des piles, ses lunettes et son portable dans une pochette hermétique. Tout ce que nous ne consentions pas à jeter.

Pour toute relique, dans le cellier, nous conservons ses terrines de gibier.

La maison est fermée. Sa chambre aussi. Nos parents font tombe à part dans le même cimetière depuis deux mois et un jour.

« Gardez votre sourire, allez de l'avant, remplissez votre vie au jour le jour. »

Passer Noël au pied du mont Cervin est la première décision que nous prenons.

Jeanne arrive en provenance d'Amsterdam, je la cueille à l'aéroport de Genève, comme les riches, nous filons vers les montagnes suisses.

La première journée n'est que logistique.

« Chaque jour vous apportera une petite ou une grande joie, sachez la saisir. »

– La paire de bottes, je la prends ?

– Tout dépend : petite ou grande joie ?

– Grande.

– Alors, tu prends.

Le soir nous accueillons Gabriel à la gare.

Il neige.

Le chef de rang nous dirige vers le bar, nous attendons Antoine avec qui je vis depuis dix ans, épousé il y a huit, CSP plus, divorcé, deux enfants. Nous formons un ensemble sans descendance.

Il nous rejoint pour le dîner.

Le maître d'hôtel nous précède. Nous nous retrouvons tous les quatre pour la première fois depuis l'enterrement.

– Antoine, demande mon frère, il y a un truc qui m'intrigue. Je t'ai vu discuter des plombes avec l'ex-patronne des parents après l'enterrement. Qu'est-ce que t'as bien pu lui raconter et surtout, comment t'as pu tenir avec elle aussi longtemps ?

– Ah ! Tu parles de Mme Haddad, c'est ça ? Elle est venue me trouver, elle voulait me parler de vos secrets de famille.

– De quoi je me mêle, soupire ma sœur.

Après sa dernière faillite, mon père a transféré son maigre portefeuille de clients auprès des Haddad, patrons d'une imprimerie, située à bout portant d'Orléans. Ils l'ont recueilli avant d'offrir poste et salaire à ma mère.

En la mêlant à sa vulnérabilité, sa solitude, les dettes de son mari et sa dégringolade, madame Haddad à qui ma mère semblait s'être trop confiée nous inquiétait.

Nous ne nous considérions plus redevables. Pour elle, peut-être, encore devions-nous le rester.

Antoine fait signe au serveur d'apporter une nouvelle bouteille de vin.

– Dis-nous ! Quels secrets ? s'inquiète Gabriel.

– Vous savez bien, c'est au sujet de votre père.

– Non, s'impatiente ma sœur, on ne sait pas.

– Mais si vous êtes au courant. Je lui ai dit que vous l'étiez, ça l'a séchée net.

J'insiste à mon tour :

– Au courant de quoi ?

Antoine fixe le gratin dauphinois et dit d'une voix creuse :

– Votre demi-frère...

– Notre quoi ? s'étrangle ma sœur. C'est Haddad qui t'a dit ça ?

Un silence glacé tombe sur la table. Antoine nous regarde stupéfaits le regarder, se tord la bouche en cherchant ses mots au milieu des petites vaches brodées au point de croix sur la nappe. Il répond :

– Non, c'est votre mère.

– Notre mère ? Je ne comprends rien. Sois clair, merde ! explose Jeanne.

– Mme Haddad a cru me l'apprendre mais votre mère me l'avait confié, un soir, au téléphone. Elle m'avait demandé de ne pas aborder le sujet avec vous.

Jeanne serre les doigts sur sa fourchette. Gabriel, les yeux dans le vide, repose son verre.

Je reste muette. Antoine, le nez masqué par ses mains, fait non d'un signe de tête en répétant, « je suis désolé ».

– Désolé de quoi ? fulmine Jeanne. De nous pourrir le premier Noël sans elle ? Désolé de nous l'annoncer comme ça, sans une once de psychologie ?

– Je vous assure que c'est votre mère qui me l'a dit.

– Je t'interdis de parler d'elle ! T'entends ? Tu ne l'avais pas vu depuis combien de temps maman ? Un an ? Tu veux nous faire croire qu'elle t'a raconté cette histoire subitement, un soir, au téléphone ? Laisse-moi rire.

– Jeanne a raison, répond Gabriel, c'est facile de faire parler les morts.

Je laisse Antoine se défendre avec sa tête d'innocent qu'on accuse. Il bafouille, pour lui nous savions, nous nous interdisions d'en parler.

Il propose de s'en aller, de nous laisser seuls au pied de la crèche, un demi-frère dans la paille à la place du petit Jésus.

– On s'en fout Antoine de tes excuses, tranche Jeanne. Arrête de jouer les victimes.

– Bon, ça suffit. Antoine ? Est-ce que tu peux demander l'addition et nous laisser aller boire un verre tous les trois ?

– Je n'ai pas envie de parler, rétorque Jeanne.

– Jeanne... C'est possible que maman lui ait confié ça. Avec Antoine, ils se téléphonaient très souvent. Rappelez-vous... Son cancer. C'est à Antoine qu'elle l'a annoncé, pas à nous. Quand papa a passé une nuit en taule, c'est tante Do qui me l'a appris. La mort de papa... Elle a tenu à ce que ce soit moi qui te le dise, Jeanne. Elle n'a pas eu le cran de téléphoner aux grands-parents. Elle a chargé une de ses sœurs d'aller le leur annoncer. Elle a très bien pu en parler à Antoine. Et puis si papa a déconné, qu'est-ce qu'on y peut ?

– Rien, dit Gabriel.

– On est d'accord. J'en veux à Antoine de nous avoir annoncé ça comme un con. Je ne trouve pas d'autre mot. Le jour où ce soi-disant demi-frère prendra contact avec nous, on tombera de moins haut. En attendant, on n'a aucune preuve. Aucune. Et moi, je veux une preuve. Après on verra.

Nous sommes rentrés vers l'appartement dans la neige devenue collante, sans un mot.

Il suffisait que mon père porte une perruque blonde et du fard à joues couleur terracotta pour qu'avec cette sœur, on les prenne pour des jumeaux. Un an et une pincée de mois les séparaient. Je magnifiais Marie, cette tante, depuis ce jour où je fus demoiselle d'honneur au mariage d'une cousine. J'étais fière d'accompagner, seule, mon père à Bordeaux. J'avais six ans. Nous étions en retard à cause du train. Il m'a poussée dans le cortège, la mariée m'en a sortie avant de rentrer dans l'église, je n'avais pas la même robe que les autres, je dépareillais. Drame, larmes, honte. Je voulais partir, rentrer à la maison, voir ma mère. Cette tante m'a prise par la main, déshabillée dans un bruit de cloches, à l'abri des regards, et a enfilé à l'endroit la robe que mon père m'avait passée à l'envers.

– Ça s'est bien passé Noël ? demande ma tante.

Je réponds très bien.

– T'as été gâtée ?

– Pourrie. J'ai eu une étole, des livres, un joli sac et un demi-frère.

– Un quoi ?

J'ai répété un demi-frère...

Il y a eu un long blanc.

Je ne suis pas parvenue à déceler ce que son silence me disait : complicité, surprise, atterrement.

Tante Marie a conclu : « rumeur » et m'a conseillé d'appeler sa sœur Solange.

Après avoir raccroché, elle a sifflé trois dés à coudre de whisky. Cul sec, coup dur. Elle a titubé jusqu'à son lit pour réfléchir, ce qu'elle m'avoua quand je l'ai rappelée.

La preuve venait de tomber sur mon ordinateur, un extrait d'acte de naissance en document joint.

Jeanne me l'a envoyé comme elle l'a reçu de son amie notaire. Sans bolduc. « Ça fait drôle, on s'aime, on s'embrasse, on en parle. »

Ce qui m'a fait drôle, c'est la date de naissance de la mère de ce petit. Quatre ans à peine de plus que moi. J'étais persuadée qu'elle était professeur de judo, ce que nous faisait croire mon père, au cas où l'envie nous prenne de sonner chez elle pour lui démonter le portrait.

Je lis et relis l'acte de naissance. La profession de la mère était employée de supermarché. Son fils est né un soir d'été, elle avait vingt-sept ans. Le petit garçon est reconnu par mon père, sept jours après.

Je tourne en rond, finis par me déshabiller, me démaquiller, me recoucher pour passer la journée sous le noir de ma couette.

Avec une question : quand et comment ma mère a-t-elle appris l'existence de ce garçon ?

Chaque nouvelle ligne sur le curriculum vitae de mon père signifiait pour nous, nouvelle ville. Après Nantes, ce fut Caen.

Je potassais Flaubert, mon père se prenait pour Emma Bovary. Il nous avait fait déménager pour rien. Il venait de perdre son nouveau boulot.

Ses premières embardées, je les ai découvertes à quinze ans.

Pétrifiée derrière la porte des toilettes, j'ai tout entendu malgré moi. Les parents se pensaient seuls à la maison.

Ma mère avait reçu une lettre anonyme. Le corbeau lui apprenait que son mari avait conquis le cœur d'une dame et qu'il projetait de quitter Caen pour vivre libre leur amour à Alençon. Ma mère lut tout haut la lettre à mon père, en insistant sur les fautes d'orthographe. Un tremblement de terre a eu lieu dans le salon. J'ai attendu le départ de mon père, et que ma mère monte dans sa chambre pour sortir sur la pointe des pieds.

À Caen, ma mère a recroisé la route d'Étienne Villandry. Quand les dîners les faisaient s'asseoir à la même table, ma mère portait du rose, se maquillait, ses ongles étaient faits. Pour éteindre le feu de sa jalousie, mon père écrasait clope sur clope.

Je portais le même prénom que la fille aînée des Villandry, ma mère évoquait le hasard. Nous étions nées à quelques jours d'intervalle, la même année. Nous fréquentions le même rallye, emballées comme des pralines dans nos robes de moire faites maison. Nous n'embrassions pas les mêmes garçons.

La première fois que j'ai rencontré Étienne Villandry, sa fille recevait. Au cours de la soirée, il m'a dit en catimini : « Tu ressembles à ta mère. Elle est la femme de ma vie. Même si ton grand-père en a décidé autrement, elle le restera. » J'ai souri poliment à son air triste et ses yeux bleus, une éclaboussure de sangria sur le col de sa chemise a accroché mon regard dans le silence qui a suivi. Quelqu'un m'a appelée, je suis retournée danser.

Ma mère était fidèle. Elle patientait, résignée. Avec son cultivateur normand, ils s'étaient promis de se retrouver au paradis. J'écoutais dire ma mère en levant les yeux au ciel, je lui demandais ce qu'elle ferait quand elle comprendrait que ni l'enfer ni le paradis n'existaient.

Veuve, elle me parla plus librement de lui. Ils se voyaient à Paris. Fréquentaient les restaurants, les musées, les théâtres qu'ils avaient connus. Ils partageaient les mêmes lectures.

Quelques jours avant la dernière ligne droite, les fleurs et les couronnes, nous avons fait venir Étienne Villandry à la maison.

Longuement ils se sont parlé.

Il a quitté la maison après l'enterrement.

J'ai écrit à Étienne, raconté le premier sapin sans elle, le demi-frère. J'étais persuadée qu'il savait. Une semaine après sa réponse tombait dans ma boîte aux lettres.

Chère Louise,

Ta mère l'a appris le jour de l'enterrement. Au cimetière une femme s'est approchée d'elle et lui a dit : « Qu'allons-nous faire de l'enfant ? » « De quel enfant ? » a répondu ta mère. « Du fils que votre mari a eu avec moi. Vous devez être en possession d'une assurance-vie à son nom. » Ta maman a alors demandé à cette femme : « Croyez-vous que ce soit le jour, le moment et le lieu pour me parler de cela ? » Ta mère a cherché en vain la trace d'une assurance-vie. Elle n'a jamais plus eu de nouvelles de cette femme et de ce bébé.

Voilà tout ce que je sais, je préfère ne rien vous cacher.

Ta mère me manque, je n'arrive pas à vivre sans elle.

J'ai déchiré sa lettre.

Étienne Villandry est mort l'année d'après.

Elle a immédiatement reconnu sa voix. Avec Paul, ils s'appelaient souvent. Il avait beau avoir cinquante et un ans, il demeurait son petit frère chéri, elle l'aimait comme un fils. Auprès de sa sœur Solange, il se savait toujours accueilli. Il l'était. Ce jour-là, ce fut en ces termes : « T'es vraiment trop con. »

Solange était un redoutable archer. Ses mots pouvaient siffler comme des flèches, elle visait au cœur et l'atteignait. Dans la famille, sa voix portait. Si elle aimait, c'était sans compter. Si elle n'appréciait pas, elle ne s'en cachait pas. On ne s'opposait pas à Solange, ou pas ouvertement.

Elle venait de recevoir une lettre de vœux de Suzanne. Ma mère la priait d'excuser son retard, février approchait. L'année 1993, qu'elle lui souhaitait heureuse au paragraphe suivant, s'annonçait morose. Suzanne avait pris la résolution de divorcer. En expliquait le pourquoi. Ses mots choisis, frappés, réfléchis mûrement, ne la victimisaient pas.

Mon père ne s'y attendait pas. Il allait devoir affronter son beau-père. Chez les Mauperthuis le divorce ne se concevait pas. Il pouvait dire adieu à la Beaunerie. Solange lui lut la lettre, ses incartades, il écouta sans broncher.

Paul appelait Solange pour s'inviter chez elle à déjeuner. Seuls son tour de main en cuisine et ses mots savaient le consoler. Elle ne pouvait pas le recevoir. Il a ravalé sa déception. Il voulait lui parler, il ne savait pas par où commencer, ni comment. Elle lui a conseillé simplement. Il y a eu un silence. Il s'est lancé. « J'ai fait une grosse bêtise. »

Il était redevenu Bidoune. Ce petit dernier, orphelin de mère à deux ans et demi, que ses sœurs aînées avaient bercé, changé, nourri, grondé, bousculé, aimé et surnommé.

Le fils qu'il avait eu avec une autre avait maintenant cinq mois. Il l'avait reconnu. Il s'appelait Louis. Non, personne n'était au courant. Suzanne encore moins. Solange lui fit remarquer qu'il aurait pu lui choisir un autre prénom. Louis était le plus usité dans la famille. Paul a supplié sa sœur d'arrêter de l'engueuler. Enfin, passons, a-t-elle conclu. Un jour sa Solange risquait de recevoir un coup de téléphone de la mère de ce petit Louis. Elle n'a pas relevé. Elle a continué de reprocher à Paul ses fredaines.

Il a raccroché sur ces mots : « T'en fais pas. Tout va bientôt s'arranger. »

« Étant au service, sommes avisés par le P.C. radio de ce qu'un homme venait de trouver la mort sur la voie publique, à la suite d'un coup de feu provenant d'une arme de chasse semblant lui appartenir.

« Selon les premiers renseignements, il s'agit de Paul des Tures, né le 10.12.1941 à Orléans, marié, trois enfants, V.R.P.

« Conformément aux dispositions de l'article 74 du code de procédure pénale et à nos instructions permanentes, procédons à enquête. »

Ces phrases, lues et cent fois relues dans son dossier, je suis aujourd'hui capable de les psalmodier comme, sans âme, on récite « Maître corbeau sur son arbre perché ».

Il m'a fallu l'éclairage de trois commissaires de police pour tenter de comprendre ce rapport auquel je ne voulais rien entendre ni piger.

Le premier, comme dans les films policiers, m'a demandé de quelle nature étaient les dettes de mon père et si je lui connaissais des ennemis. J'ai répondu non. Il a conclu à l'accident.

Le deuxième confirmait la même chose à 99 %. On ne se suicide pas dans la rue, on ne se suicide pas sans laisser un mot. La thèse de l'accident prémédité ne tenait qu'à 1 %.

Le troisième penchait lui aussi pour l'accident. Comme mon père, il était chasseur. La double queue de détente du fusil, selon lui, avait pu être réglée par un armurier. L'opération se révèle à double tranchant. Une fois le fusil chargé, prêt à tirer, l'arme devenue extrêmement sensible, au moindre choc, un coup peut partir.

J'ai réétudié l'audition de l'armurier.

Paul des Tures lui avait téléphoné trois quarts d'heure avant de s'effondrer sur le trottoir opposé à celui de sa vitrine. Mon père l'appelait pour lui demander si la carabine qu'il lui avait confiée en dépôt-vente avait trouvé preneur.

L'armurier a décelé une forte déception dans la voix de son interlocuteur. Il est formel, Paul des Tures ne lui a pas annoncé sa visite.

Vers onze heures et quart, alerté par une détonation, l'armurier est sorti de son atelier. Dans la rue, deux personnes lui ont signalé un homme allongé sur le sol. Les secours avaient été prévenus. En s'approchant, il a reconnu Paul des Tures. Au même moment, l'armurier a remarqué le canon d'un fusil dépassant de la portière ouverte d'un véhicule deux portes. Le siège conducteur était légèrement rabattu vers l'avant. La housse de coton qui protégeait le canon était trouée en son extrémité. Il a saisi l'arme pour la neutraliser. Laissé la cartouche percutée dans la chambre de tir, extrait la seconde, intacte. Il a refermé le fusil et l'a replacé dans la position exacte où l'inspecteur principal l'a trouvé.

Il m'a fallu de longs mois avant d'oser louer une voiture deux portes pour tester avec un fusil de chasse s'il m'était possible de placer le bout du canon contre mon cœur et du pouce atteindre la queue de détente.

Je suis allée à la Beaunerie, me garer devant la parcelle appelée la taille des as, là où avec mon père on s'enfonçait dans les bois, pour des girolles et des cèpes. Tout autour de moi était silencieux.

Je suis sortie de la voiture. J'ai basculé le siège conducteur, attrapé l'arme sur la banquette arrière comme l'enquête le stipulait.

J'ai tendu le bras, le pouce vers l'avant, et appuyé sur la détente en fermant les yeux.

J'ai entendu le déclic métallique.

Il s'est écoulé une poignée de secondes, j'ai rouvert les yeux.

Louis m'a contactée par Facebook.

Un jour, en fin d'après-midi.

Devant l'écran, j'ai eu un mouvement de recul. Une décharge sèche. Comme un animal surpris par le fil d'une clôture électrique. Je n'ai plus osé toucher la souris, le clavier, j'ai attendu.

Je me suis levée pour boire un alcool fort. Au goulot. Je suis retournée à l'ordinateur, la bouteille à la main, j'ai affronté ses photos.

J'ai cherché, dans la ressemblance, ce qu'il y avait de plus discutable. Le menton, l'allure, la finesse des traits. Je me disais encore que mon père aurait pu reconnaître un môme qui n'était pas de lui, s'en apercevoir, vouloir tirer dans un plafond pour foutre la trouille à celui qui l'avait dupé, partir avec un fusil chargé.

En juxtaposant une photo de mon père, au même âge, à celle de Louis, rien ne permettait plus de nier l'évidence.

J'ai téléphoné à Jeanne puis à Gabriel.

De nous trois, j'étais la seule à avoir été approchée.

Je leur ai donné accès à mon ordinateur, ils se sont connectés, ils ont vu.

De ce passé de leur père, ils ne voulaient rien savoir.

J'avais le choix. Ignorer ce que ce môme me demandait. M'affranchir de la règle familiale en décidant de le rencontrer.

J'ai hésité.

Avant de lui répondre, j'ai exhumé le dossier de succession. De mon père il ne restait que des certificats de banque répertoriant ses dettes, il ne possédait rien, ma mère avait brûlé le reste.

J'ai consulté deux notaires, un avocat en droit de la famille. Mon père ne nous a laissé que des emprunts, on a renoncé à la succession. Ce demi-frère ne pouvait prétendre qu'à des souvenirs. Comme nous, financièrement, il n'hériterait de rien.

Après m'avoir contacté, Louis est resté silencieux, jusqu'à ce message :

« J'aimerais vous rencontrer pour discuter de notre père. En effet, j'ai très peu de souvenirs de lui étant donné que j'étais très jeune. Auriez-vous l'amabilité de me consacrer un peu de votre temps pour discuter avec moi ? »

Ses mots, sa façon de les tourner m'ont touchée.

Je n'ai plus su résister.

J'ai commencé à gamberger.

De son père, je ne tenais que des bribes, un parcours supposé, une histoire sans conducteur, une complicité d'instants qui seule m'appartenait.

Sa sœur Solange se souvenait d'un bébé maigrichon avec une frimousse éveillée, des yeux vert-noisette grands ouverts, un nez qui captait tous les arômes, y compris celui des feuilles de tabac que leur père faisait sécher au-dessus du poêle à bois de sa chambre. Elle décrivait un petit garçon facile, bavard, inventif, les oreilles toujours à l'écoute, un peu hâbleur, rigolo. D'où ce surnom trouvé de Bidoune.

Il aimait plastronner, parader, enjoliver. Ce défaut n'était pour Solange qu'une carapace. Celle dont s'était revêtu le petit dernier, habitué à entendre de ses aînés « fais pas ci, fais pas ça. Tu dis des bêtises. Pour qui te prends-tu ? Ne rêve pas ». Bidoune promettait de faire mieux que tout le monde.

Jamais je n'ai fait parler mon père de son enfance, de son passé. Je lui coupais la chique dès qu'à Noël, à chaque Noël, il nous rappelait ses cadeaux : une orange et un petit Jésus en sucre dans ses souliers. Il m'ennuyait.

De son service militaire, il disait avoir adopté une vipère des sables qu'il gardait sur lui, dans une poche de son treillis, il lui donnait des souris à becqueter. Je ne le contredisais pas.

À ses histoires, je lui laissais simplement voir que je souriais.

Quand Louis est né, les liens avec mon père s'étaient distendus.

Je lui ai proposé station Étienne-Marcel, à seize heures trente. Il n'y a qu'une sortie. J'ai dix bonnes minutes d'avance. Je me poste en vigie devant l'escalier. J'attends.

Si j'étais née garçon, je porterais son prénom. De lui, je sais simplement qu'il s'appelle Louis. Il a vingt-six ans.

Je ne connais pas sa voix. Quatre ans que nous nous fixons d'éventuels rendez-vous planqués derrière nos écrans. Quatre ans dilatés entre reports et annulations.

J'aspire une clope en plein vent, la cendre se fiche dans les yeux, le mascara plein mes gants. Je me rapproche d'une vitrine qui fait l'angle, j'hésite à ôter mon bonnet. J'arrange mes cheveux. Finalement, c'est peut-être mieux sans.

Ce n'est pas un petit frère. Le mien je l'ai aimé sans l'avoir vu. Lui, ce demi-frère, pourrai-je un jour m'y attacher, l'aimer ?

Cette rencontre, je l'ai projetée plusieurs fois, ses premiers mots, les miens, on ne s'embrasse pas, des sourires idiots, l'embarras. Sa première question. Mes doutes. Les siens. Ma méfiance.

Ce monde que j'empoisonne avec mes questions. Tu devrais le rencontrer, n'y va surtout pas, tu vas te mettre les tiens à dos, il ne t'apprendra rien, tu vas le déstabiliser, il tiendra sa propre vérité, il va te coller, après il faudra assumer.

Je recule de quelques mètres, le coin de la rue pour issue de secours. Il est en retard. J'attends.

Il grimpe l'escalier en fixant les marches, fait demi-tour, file vers le bistrot qui longe la station, s'y engouffre, je ne bouge pas.

Il porte un sac à dos en travers d'une épaule, une parka bleue. Il est plus petit, plus frêle que celui que je m'étais dessiné, les oreilles rougies par le froid. Il a le même air préoccupé que mon père, la démarche aussi nerveuse, moins longue, moins assurée.

Avant qu'il ne revienne sur ses pas, je réapparais en m'efforçant de regarder ailleurs, je l'observe dans l'angle mort, il décélère, s'approche, il s'arrête devant moi comme une machine en panne, ses premiers mots sont « C'est moi. »

Je me débarrasse de ma cigarette en gardant comme lui un sourire immobile.

– Pontarlier où je vis, c'est tout petit. Paris, à côté... Désolé pour le retard. Je pensais que vous m'attendiez dans le café.

– Viens, c'est rouge, on traverse.

– On va où ?

– Un peu plus loin.

Je marche vite, je le laisse meubler. Il cherche mon regard, j'évite le sien. Il entame des phrases qu'il ne termine pas. Je le sens inquiet. Il me redit ce qu'il m'a écrit, tellement de questions, il ne sait toujours pas comment, ni par quoi commencer. Il m'avait demandé « est-ce qu'on aura le temps de manger ensemble, j'ai un train à vingt heures ». Manger..., me suis-je répété.

Nous passons devant le restaurant favori de mon père. Je revois ma mère ausculter le talon du carnet de chèques dès qu'il rentrait de Paris, « T'es encore allé chez Pierrot ! » Mon père gardait sa ligne de défense. Sa femme ne comprenait décidément rien aux règles du commerce, au monde de la publicité, aux attentes du client. Le sien s'appelait La Tortue. Un fabriquant de matériel de pêche. Il imprimait leurs catalogues.

Ma mère reprochait à son mari de siphonner la marge en rinçant son client, entrées, plats, desserts, sans compter les vins. Le siège social de La Tortue occupait un immeuble entier rue

Saint-Denis, avec vue plongeante sur le va-et-vient des tapins. Pas rien d'après mon père.

Après des années d'additions réglées chez Pierrot, mon père a décroché la timbale en leur vendant un nouveau logo. Il parlait d'effet domino. Qui disait nouveau logo, disait tout à réimprimer, jusqu'aux boîtes à asticots. Pour fêter ce bon de commande et le sourire vaguement revenu sur les lèvres de sa femme, il l'a invitée chez Pierrot. Elle adorait les ris de veau, ça tombait bien, c'était la spécialité du bistrot.

Ils sont partis ensemble à Paris faire signer le bon à tirer. Elle portait des escarpins, son tailleur vert amande, celui qu'elle réservait aux mariages, elle s'était maquillée. Mon père lui a donné quartier libre avant qu'elle le rejoigne devant La Tortue. Elle a fait les cent pas devant la porte d'entrée, puis a préféré poireauter à côté. Un homme l'a accostée en lui disant qu'elle ressemblait à une actrice. Le compliment a tourné court à la question « C'est combien ? » Il est reparti en la traitant de connasse, les filles ont sommé Belle de jour de dégager de leur trottoir. Au retour, ma mère avait le teint pareil à son tailleur, elle a incriminé les ris de veau, elle est montée se coucher.

Louis scrute le moindre fait, mes moindres gestes, quelque chose en lui me touche, nous avançons chacun masquant à l'autre cette tension floue qui nous gêne.

– Je vais m'acheter des clopes, tu m'attends ?
– Je fume aussi.
– Tu fumes quoi ?
– Des Camel.
– T'en as sur toi ?
– Oui.

On s'installe en terrasse, sous les chauffages à gaz d'un café qui fait l'angle.
– Tu veux boire quoi ?
– Et vous ?
– Un thé.
Il hésite. Il s'est levé tôt, depuis ce matin, il a bu trop de cafés. À partir du cinquième, il a arrêté de compter.
Il cale sa Camel dans l'encoche du cendrier, défait la fermeture éclair de sa parka, j'ôte mon écharpe, il garde son portable, moi mon bonnet. Il me dit en fixant sa cigarette qu'il me trouve plus belle en vrai que sur les photos, je ne sais pas répondre à ses pommettes qui s'empourprent, il observe le garçon prendre la commande.
– Pourquoi tu le dévisages comme ça ?
– Pour rien, dit-il. J'ai été serveur. J'ai commencé comme commercial dans une boîte

d'informatique mais ça ne me plaisait pas. J'ai repris mes études. Maintenant, je bosse à la gestion des flux, la logistique si tu préfères, pour une société qui agence des magasins dans les stations d'autoroutes. Dans deux ans, j'aurai assez d'expérience pour postuler en Suisse. Ils paient mieux qu'en France...

– Ça n'a pas été trop compliqué de reprendre des études ?

– Après avoir démissionné, pour les financer j'ai dû faire des extras les week-ends dans le restaurant de l'hôtel où travaillait ma mère.

– Elle fait quoi ta maman ?

– Elle s'en est bien sortie. Elle a commencé au bas de l'échelle. Elle a travaillé dans des supermarchés. Elle a suivi une formation, maintenant elle est hydrothérapeuthe dans un centre de thalasso.

– Elle vit où ?

– À Pontarlier, comme moi. Elle travaille de l'autre côté de la frontière. En Suisse. Après la mort de mon père, on est partis d'Orléans. Ça lui faisait trop mal de rester. On avait de la famille dans le Jura.

– Elle sait qu'on se voit aujourd'hui ?

– Oui, je lui ai dit. Hier.

– Et... Elle en pense quoi ?

– Elle est très heureuse.

– J'ai souvent pensé à ta mère. Il m'a fallu du temps pour essayer de comprendre ce qu'elle a enduré. Je ne lui en ai jamais voulu.

– Ton père, tu lui en voulais ?

– Oui et non. J'étais au courant de leur histoire mais je ne m'y intéressais pas. Je lui ai dit qu'il avait le droit d'être amoureux de quelqu'un d'autre. Pour moi, nos parents ne nous appartiennent pas. Ce que je lui reprochais, c'était son inconséquence.

– T'avais quel âge ?

– Quand il a eu son accident, j'avais vingt-trois ans. Alors… Qu'est-ce que tu voulais savoir ?

– Tout. Comment il est mort, notre père.

– Notre père, notre père, ça fait un peu notre père qui êtes aux cieux, non ?

– Comment Paul est mort. Si vous préférez.

Il revient au vouvoiement en fonction du poids des questions. Je gagne du temps en soufflant sur mon thé.

– Qu'est-ce que tu sais exactement ?

– Ma mère m'a dit qu'il était à la chasse, en prenant son fusil, le coup est parti.

– Ça s'est passé avant de partir à la chasse. Dans la rue, devant un armurier. Il a voulu déposer chez l'armurier un fusil, les cartouches étaient bloquées. Il conduisait une voiture deux portes, en prenant le fusil sur la banquette arrière, le coup est parti.

– C'était vraiment un accident ?

– Oui.

– Mais pourtant, c'était un chasseur.

– C'est exactement la question posée dans l'article paru le lendemain. Le titre évoquait l'accident, le corps du texte instillait le doute.

– Vous l'avez l'article ?

– Non.

– Je suis allé me recueillir trois fois sur sa tombe. Au cimetière d'Orléans. Elle n'a pas été facile à trouver, j'ai dû demander. En plus son nom n'est pas inscrit sur la pierre. Il est bien enterré à Orléans ?

Mon oui manque de conviction, trop rapide, trop appuyé. Son semblant de sourire s'arrête en milieu de course. Il plisse légèrement les yeux, son menton s'allonge, il regarde droit devant, il ressemble à mon père contrarié. Il serre son briquet dans son poing, fait tourner la molette plusieurs fois, s'assied en travers de sa chaise, ses lèvres sont fines et pincées.

– Je veux connaître la vérité. Même si elle doit faire mal. Je n'ai pas fait tout ce chemin pour qu'on me mente. Il est enterré à Orléans ? Oui ou non ?

J'écrase le sucre au fond de ma tasse, délaisse la cuillère, en faisant non d'un signe de la tête.

– Oui ou non ?

– Non.

Il murmure « putain » entre ses dents. Jette le briquet sur la table. Son regard n'est que mépris. Il relève le menton, croise les bras, détourne les yeux.

– Tu m'as menti. Si ça se trouve tu me mens depuis le début, et qui me dit que tu ne vas pas continuer.

– Louis, regarde-moi.

Il ne bouge pas, je l'attrape par la manche, il se dégage.

– Regarde-moi, Louis, s'il te plaît. Je ne t'ai pas menti. Ce n'est pas moi qui t'ai dit qu'il était enterré à Orléans, d'accord ? Si ta mère a assisté à l'enterrement, elle sait où il est.

– T'es en train de me dire qu'elle m'a caché la vérité. C'est ça ?

– Pas forcément. Elle t'a protégé. C'est différent. Je pense qu'à l'époque, elle a dû parler avec ma mère. Et je soupçonne ma mère d'avoir cherché à nous protéger aussi. Pour éviter qu'on se croise.

– Vous savez depuis quand ?

– Quoi ?

– Mon existence, comment tu l'as apprise ?

– Après la mort de ma mère. Il y a dix ans.

– Dis-moi où il est ?

– Dans le caveau de ses beaux-parents. À une quarantaine de kilomètres d'Orléans. Ma mère n'avait pas la possibilité de l'enterrer dans le caveau de sa famille à lui, il n'y avait pas de place.

– Alors, il y a qui à Orléans ?

– Ton grand-père, ses deux épouses et d'autres des Tures.

– Deux épouses ?

– Tu connais l'histoire de ton père, de sa famille ?

– Non.

– Même pas un peu ? Tu sais ce qu'il faisait comme métier au moins ?

– Non. Je sais qu'il était comte.

– Comte... Mais comte, c'est pas un métier !

– Ma mère m'a toujours dit que j'avais du sang royal dans mes veines... Pourquoi tu souris ?

– On va commander un verre et reprendre l'histoire dans les grandes lignes. Tu es d'accord ? Qu'est-ce que tu veux boire ?

– Un gin tonic. Et toi ?

– Un verre de vin. Tu peux m'attraper la carte ?

Il fait signe au garçon, me tend la carte, il n'a pas faim, j'insiste, il accepte de partager un croque-monsieur, je commande un pouilly-fuissé. Il dit

« c’était le vin préféré de mon père ». Je n’ai toujours vu que du rouge dans les racks à vin de notre cave. Je me tais.

– Tu trouves que je lui ressemble ?

– Il avait les yeux verts, la météo des tiens est variable, bleu-gris. Tu lui ressembles quand on te contrarie.

Il se passe la main dans les cheveux en expliquant qu’il a des épis, comme lui, c’est sa mère qui le lui a dit. J’ignorais que mon père avait des épis.

– De toute façon, j’ai fait un test ADN. C’est bien mon père.

– Un test ADN ?

– Oui. Un test ADN. J’ai été élevé par mon beau-père. Ma mère l’a rencontré après la mort de Paul, il est chauffagiste. Ils ont décidé de se marier, il y a trois ans, j’ai voulu savoir qui était mon père.

– Avec qui as-tu fait un test ?

– Avec quelqu’un de ta famille. Jacques. Mon parrain.

Un silence s’installe derrière ses derniers mots. Je hoche la tête sans insister. J’attrape mon verre, le prénom qu’il me donne ne me dit rien. Il guette une réaction. J’ai rougi, je le sens. J’ôte mon bonnet. Je lui demande, après son baptême, s’il y a eu une suite dans ses sacrements. Il a été enfant de chœur, il ne va plus à la messe. Je réponds « moi non plus », il m'explique ce qu'il pense de Dieu, il n'est pas sûr d'y croire.

Je lui propose d'attaquer le croque-monsieur. Il déplie sa serviette, les yeux rivés sur ses couverts. Entre nous, s'est formé un blanc.

– Tu as vu un film de Tim Burton qui s'intitule *Big Fish* ?

– Non, ça me dit rien, répond-il.

– Tu m'as demandé pourquoi je souriais tout à l'heure. Je ne veux pas mettre en doute ce que l'on t'a dit, mon père aimait le panache, enjoliver les histoires, créer des rebondissements, un peu comme le personnage du père dans *Big Fish*. Pour ce qui est du sang royal, au risque de te décevoir, je ne suis pas sûre qu'il en coule beaucoup dans nos veines.

– Ce qu'on m'a raconté, c'est du pipeau, alors ?

– Oui et non. Pense à *Big Fish*. Question d'interprétation. Celui devant lequel tu es allé te recueillir au cimetière est intéressant. Ton grand-père était marquis et cheminot. Sous-chef de gare aux Aubrais. Une de ses filles en était fière, elle trouvait formidable que son père fasse partir les trains. Une autre, qui avait un sens inné des convenances, préférait ne pas s'en vanter. Ton grand-père était officier de la Légion d'honneur, il a reçu la médaille de la Résistance. Pendant la guerre, il était chef du réseau local Résistance-Fer, il faisait sauter les trains, on n'a jamais réussi à en savoir plus. C'est ça qu'il faut retenir, plus que le sang royal, tu ne crois pas ?

– Si, peut-être. Pourquoi deux épouses ? Il a divorcé ?

– Dans la famille, on ne divorce pas. On ne construit pas son propre bonheur sur le malheur de ceux qu'on laisse. C'est le principe, c'est comme ça, quoi qu'il arrive, on reste. Il était veuf.

– Elle est morte de quoi ?

– Elle est morte de peur pendant une perquisition allemande. La famille avait été dénoncée. Les Allemands ont débarqué un matin, encerclé la maison, bloqué les issues et tout retourné. Elle a eu une crise cardiaque, les Allemands ont refusé qu'on prévienne un médecin. Elle avait eu dix enfants, le dernier avait deux ans et demi, elle quarante-cinq. Le petit dernier, c'était ton père.

– Qui l'a élevé ?

– Ses sœurs. Après, ton grand-père s'est remarié. Il a épousé une femme qui a accepté de ne pas agrandir la famille. Ils l'appelaient « mère ». Au début, les filles étaient odieuses avec elle. Avec le temps, tous l'ont adorée.

– Il a fait quoi comme études ?

– Un BTS de chimie.
– Et après ?
– Il a monté une imprimerie, embauché jusqu'à dix-sept personnes. Il a fait faillite. Ensuite il a été salarié, dans différentes boîtes, il ne supportait pas la hiérarchie. Il partait du principe qu'un con n'avait pas d'ordres à lui donner. Il ne respectait que ceux qu'il admirait.
– Comment il s'en sortait ?
– Mal. C'était un entrepreneur, un excellent vendeur, il avait des tas d'idées mais n'aimait pas être contredit. Pour avoir la paix, il s'entourait parfois de crétins.
– Il faisait quoi au juste ?
– Après sa première faillite, il a créé une société d'édition publicitaire. C'était un utopiste, un excessif, il s'emballait ; parfois ça marchait mais souvent il se plantait.
– Et vous ? Vous en pensiez quoi ?
– Nous, on suivait. C'était pas tous les jours la fête mais on le suivait. Avec lui, on s'amusait. Nous ne sommes jamais partis en vacances tous les cinq, où uniquement à la campagne, chez nos grands-parents maternels. Nous ne sommes jamais allés au restaurant tous les cinq non plus. Ni au cinéma. Mais ça ne nous manquait pas. Quand on a commencé à grandir, à comprendre, ça s'est gâté. Ma mère faisait tout à l'économie. La maison c'était le paradis des sous-marques.

On n'avait pas de blé mais une règle à tenir, il ne fallait pas que ça se voie. L'argent nous a obsédés. Surtout le fait d'en manquer.

– Moi, ma mère ne m'a rien refusé. Même si c'était la galère aussi. Vous n'avez pas eu d'héritage ?

– Des dettes.

– Avec lui, ma mère m'a dit que c'était la galère, il n'avait jamais de tunes mais elle l'aimait quand même.

– Tu sais comment ils se sont rencontrés ?

– Non. Je sais simplement qu'ils sont tombés très amoureux.

– Si tu le dis… Attaque ton croque, ça va être froid.

– C'est lui qui voulait divorcer, il voulait vous quitter pour vivre avec ma mère. C'est lui qui voulait un enfant.

– Ça me ferait plaisir de la rencontrer, ta mère. J'aimerais bien lui parler. Tu lui diras ?

– En fait, c'est ma sœur qui voulait te voir.

– Ta sœur ?

– J'ai une sœur aînée et un frère. Leur père, à eux, est steward. Ils se sont séparés et après ma mère a rencontré notre… enfin, Paul. Ils se souviennent bien de lui. Il fallait pas chouiner dans ses pattes, ni mettre ses coudes sur la table. Il était strict avec ces choses-là. Moi, j'ai pas de souvenirs, seulement deux photos de lui, il me tient dans ses bras. Et puis une médaille, c'est tout ce que je possède de lui, je ne la quitte jamais. Regarde.

Il extirpe de sa chemise un louis d'or monté en pendentif sur une chaîne aux maillons épais.

Il termine son gin tonic, je songe aux photos de nous petits. Je me demande quelle tête a son père sur les photos avec ce fils entre ses bras.

Louis ne veut pas d'enfants plus tard, il n'est pas amoureux, il n'y arrive pas. Il trouve que mon père s'est fait une seconde jeunesse avec sa mère. Je l'écoute, sans moufter.

Il essaye de calculer la différence d'âge qui les sépare, je lui donne l'année de naissance de mon père, il cogite, déclare qu'aujourd'hui il n'arrive pas à faire des trucs normaux, comme compter.

Vingt-quatre ans.

Il retourne son portable pour vérifier l'heure, demande l'addition, il dit c'est pour moi. Je sors ma carte bleue, il refuse. Nous retournons à la bouche de métro, chacun avec d'autres interrogations.

Je lui montre le bistrot préféré de son père. Il dit prochaine fois, peut-être, sans conviction.

Il presse le pas, ses collègues l'attendent gare de Lyon, je prends la direction contraire. On s'embrasse en se cognant les joues, les mains au fond des poches, nos épaules racornies par les courants d'air.

Son métro arrive quand j'atteins le quai.

Il monte dans la rame, les portes se referment.

Il ne se retourne pas.

Deuxième rencontre. Je la provoque à Pontarlier. Ma venue l'inquiète. Je suis sur ses terres, il m'appelle.

À sa façon panique de me parler, son souffle court, ses pas pressés, je le sens avancer comme sur l'eau par vent capricieux, on tire des bords.

Je marche le téléphone à l'oreille en lui indiquant longer une fête foraine, les manèges clignotent à vide.

Il propose que l'on s'y retrouve. Aurait-il pu hériter des inclinations de son père, tout ce qui sentait la praline l'attirait.

Je raccroche en m'asseyant à la terrasse d'un café, je l'attends sans appréhension, ni appétit véritable.

J'aurais dû accepter de le rejoindre sur cette place, au pied de la grande roue. L'inciter à jouer, pour l'observer, le voir perdre ou gagner.

Je lui aurais appris que la foire d'Orléans, son père ne la loupait jamais. Il aimait se défouler au chamboule-tout, se décharger de sa colère, de ses frustrations, nous aussi.

Nous partagions les mêmes. Lui, optimiste, en avait lourd contre le destin. Nous, ses gamins, nous voulions croire en ce père qui envoyait valdinguer les boîtes de conserve comme les conventions, croire qu'il n'était pas le seul fautif, espérer qu'un jour il finisse par faire les poches au succès.

Le chamboule-tout évitait d'avoir à se parler, de lui poser des questions, et à lui, de se justifier.

Après avoir passé l'âge, il nous arrivait encore de l'accompagner à la foire, nos refus l'attristaient.

Il lui fallait une excuse et un public, nous étions son excuse et son public. Cogner avec un marteau pour faire sonner une cloche censée démontrer qui était le plus fort le rassurait.

À cet autre fils, contrairement à nous, ce père n'a pas eu le temps d'apprendre à trouver poétiques les stands de tir à la carabine, les ballons de baudruche qui dansent dans des cubes.

Avant de nous demander de nous aligner devant les ballons, il nous faisait miroiter la plus volumineuse des peluches. Son problème n'était pas tant de la décrocher que de savoir où Gabriel la caserait dans sa chambre.

Mon père avait des théories sur tout. Dès qu'il sentait la victoire lui échapper, ses raisonnements devenaient très approximatifs, ses conclusions hâtives. Au tir à la carabine, ça ne ratait pas.

Le butor qui ne décroisait les bras que pour distribuer les plombs, regonfler les ballons et encaisser partageait rarement son point de vue. Si mon père perdait, c'était l'évidence, « on ne se tirait pas les cartes entre Gitans », les forains voilaient les canons des carabines. Je le tirais par la manche avant qu'il ne termine son laïus en les traitant de peigne-culs.

Ses biceps de héron n'impressionnaient guère, il ne l'ignorait pas. C'est avec son regard qu'il bombait le torse, le mépris dont il était capable envoyait un bristol à l'empoignade.

Perdre la face, surtout devant les siens, lui était insupportable. Il avait un côté Tartarin, les mirages d'un Don Quichotte.

Ses emportements s'ajustaient à la situation. Avec la hiérarchie, les fournisseurs, à la chasse, au bridge, à la pêche, plus il sentait les conséquences de ses canonnades irrémédiables, plus il se trouvait de panache à chercher des noises.

Mon demi-frère traverse la terrasse du café, avance vers moi. Je ne distingue pas ses traits, juste sa démarche. Droite et désinvolte, la démarche de celui qu'il n'ose plus appeler notre père devant moi.

Je lui trouve le sourire au diapason des formules commençant par désolé, c'est pas ma faute, j'avais pas le choix. Un sourire de faussaire surjouant la timidité, une tête de poète maudit. Il attrape une chaise, défait le col de sa parka, s'assied, tire sur l'écharpe que je lui ai envoyée après notre première rencontre. Il ne la quitte plus.

– Tu ne m'as pas reconnu, me reproche-t-il.

– Si. Pourquoi ?

– Je l'ai vu à ta tête. T'as froncé les sourcils, comme si j'étais quelqu'un qui venait te taper une pièce ou une cigarette. Tu ne m'as pas reconnu.

– Je suis myope.

– Moi aussi, dit-il en ôtant ses lunettes, mais toi, ça te donne un air sévère. Paul aussi était myope, c'est ma mère qui me l'a dit. T'es très myope ?

– Comme lui, de l'œil droit.

– Ma sœur m'a raconté qu'en jouant, un jour, elle avait cassé un verre de ses lunettes. Il ne l'a pas changé, il a gardé ses lunettes comme ça. Tu sais pourquoi ? Ma sœur m'a dit que ça les faisait rire avec mon frère parce qu'il se grattait l'œil à travers la monture, sans les enlever.

Le serveur dépose un gin tonic sur la table, un verre de blanc, un bol de bretzels, il jette un œil à l'addition, tend le ticket.

Louis m'observe, repose doucement son verre.

– T'es froide avec les gens, je l'ai déjà remarqué la première fois.

Cette impression d'être scrutée en permanence, la fixité de son regard et cette façon de me remettre à ma place accentuent ma méfiance.

– Je tiens ça de mon père, la contrariété le rendait distant. La froideur vient du côté de ma mère, elle, c'était de naissance. La combinaison des deux me donne un air un peu hautain.

– Méprisante, je dirais.

– Tu confonds réprobation et mépris. J'ai demandé au serveur des rondelles de saucisson, trois fois, pas des bretzels.

– Ici, on sert des bretzels. T'es pas à Paris.

– Dans ce cas, il lui suffit de dire qu'il n'a pas de saucisson, fin de l'histoire, on passe aux bretzels.

– T'es énervée ?

– Non, je suis contente de te voir.

– T'as ressenti quoi quand on s'est quittés ?

– Tu veux savoir quoi ? Si j'ai pleuré ? Oui, j'ai pleuré.

– Tu ne réponds pas à ma question.

– Tu poses cent fois les mêmes questions. Je te l'ai écrit, ça m'a fait plaisir. Ça m'a déroutée aussi. Je ne sais pas ce que je dois penser de toi.

– Comment ça ?

– Je me demande si tu ne me fais pas un peu marcher. Ton histoire de test ADN, tu veux que je te dise ? Je n'y crois pas. Tu m'écoutes au lieu d'envoyer des textos ?

Il me dit que sa sœur s'inquiète. Elle veut savoir si ça va, comment il s'en sort.

– Jacques, reprend-il, en glissant son portable dans sa poche, c'était le patron d'un bar où ton père allait souvent.

– Pourquoi tu m'as raconté des craques ? Je ne comprends pas. J'en suis arrivée à penser que tu me lançais des ballons pour qu'on fasse un test ensemble, j'étais prête à te le proposer.

– Je l'ai fait le test. Je te dirai avec qui pendant le dîner. Si t'es sympa.

– Je ne marche pas au chantage.

– Je plaisante.

– Pas moi. Je n'arrive à rien sur commande. Il suffit que tu me demandes un truc pour que je fasse tout le contraire.

– Tu ressembles à mon père !

– On va dîner ? J'ai réservé au restaurant de l'hôtel, c'est sinistre, parfait pour une rupture, t'en connaîtrais pas un autre ?

Il ressort son portable, écrit un texto, ôte ses lunettes pour lire la réponse.

Son téléphone sonne, il hésite à décrocher.

– Si c'est ta sœur, dis-lui de nous rejoindre, ça t'évitera de devoir lui écrire des comptes rendus toutes les dix minutes.

Il s'excuse, s'écarte, répond à sa sœur par oui, ou par non, assure que ça va aller, l'embrasse, raccroche.

Sa sœur ne nous rejoindra pas. Elle ne veut pas me voir.

Pas tant que leur mère ne m'aura pas rencontrée. Par loyauté.

Sa mère n'a pas envie de remuer le passé.

« Vous savez qu'à Pontarlier, on a une des plus belles distilleries de France... », annonce le chauffeur de taxi, cherchant mon regard dans le rétroviseur.

J'acquiesce d'un sourire rapide en ouvrant un journal pour faire rempart. Le dîner avec Louis continue de m'envahir.

Son polo noir boutonné jusqu'en haut, sa chaîne vingt-quatre carats qui se balance comme un pendu par-dessus. Ses hésitations, son sourire qui tremble, ses tournures bancales. Sa façon de prendre congé en disant « ben, ma foi, je vais te laisser ».

Ces pensées chauves-souris m'arrivent pêle-mêle, volettent, dérangeantes.

Je voulais qu'il soit des miens le temps d'un dîner, nous forger une connivence. Rattraper ce qu'il a loupé, ce qui lui échappe, le rendre compatible, le modeler à mon goût.

Il me touche, il me vrille et aussitôt m'exaspère. Il ne comprend rien. Il a fait le beau, le posé, l'ambitieux, le trompé, le romantique, le malchanceux. Ses formules maladroites me tisonnent. Ses constats me désarment. Sa déception m'empêtre. « J'aurais vécu avec vous, j'aurais été comme vous, j'aurais eu les codes. »

Quand Louis m'a dit qu'il avait chez lui un piano à queue, j'ai répété, un piano à queue. Pas un demi, ni un quart, encore moins un droit, non, un piano à queue. Lui adresser une écharpe après notre première rencontre m'a permis d'aller sur Internet faire le tour de sa barre d'immeuble vue du ciel. Je l'ai laissé raconter ses sept ans de solfège, confesser jouer quand il est nostalgique.

Du piano, je lui tais avoir calé sur la *Méthode Rose*. Piquée par la jalousie, j'ai préféré la ramener en lui demandant Chopin ? Mozart ? Schumann ?

Sans rien contredire, son regard a plongé dans son risotto à l'arôme de truffe. Il a laissé passer deux blanches, reposé lentement son verre, mis fin à l'inquisition en répondant « je joue des trucs ».

Si je connais le K. 540, l'adagio en B mineur des sonates pour piano, interprété par Claudio Arrau, je le dois plus à un amant qu'à la culture classique de mon père. Il nous faisait rouler cinq cents bornes d'affilée, tenant son volant d'une main, battant la mesure de l'autre sur l'intégrale de Richard Clayderman.

Je me suis rabattue sur les grains de mon steak au poivre, j'en ai compté cinq avant de parvenir à faire rebondir la conversation.

Affabule-t-il à propos du test ADN ? Comment lui et sa mère ont-ils pu entrer en contact avec cet oncle et le rester ? Pour quelles raisons ce frère de mon père aurait-il accepté ?

Cet oncle que je refusais de voir depuis mon adolescence appartenait à la catégorie des imprévisibles.

Il fut dit, lors de son oraison funèbre, que l'hiver suivant la mort de sa mère, il avait dix ans, il courait dehors, nu comme un ver, il voulait attraper la mort, aller la retrouver au ciel.

À l'école il ne fichait rien. Brise-fer, il avait « cra-cra » pour sobriquet.

L'Indochine l'a recraché à la vie civile, frappé pour moitié. Cet ex-para, accoutré comme un maquignon, été comme hiver en bottes d'équitation, les joues cuites par l'alcool, trinquait aux chevaux, aux femmes et à ceux qui les montent.

Sa violence était contagieuse.

À son contact, mon père l'attrapait. Après deux jours passés chez son frère, au volant, sur la route du retour, il ne supportait plus qu'une cylindrée puisse le dépasser. Il poussait les chevaux de trait de sa BX pour rattraper les berlines allemandes en toisant les conducteurs qu'il doublait.

Les jours suivants, il pinçait les fesses de ma mère, elle sursautait en lui reprochant ses manières de palefrenier. Il racontait des blagues égrillardes dans les dîners bridge, il froissait. Il s'engueulait avec les voisins, rentrait tard le soir, les iris floutés à la bière.

– À quelle heure il est, votre train ?

– Onze heures quatre. J'ai mon billet.

– Je passe par le centre, vous verrez la ville, prévient le taxi en coupant la chique à France Bleu Besançon.

Je n'ai pas envie de voir la ville, mes yeux n'appellent rien.

Nouveau message de Louis.

Après deux feux rouges, le fichier joint finit par s'ouvrir.

La stupéfaction me raidit les épaules, cogne à mes tempes.

Le taxi demande « Ça va madame ? » Je dois avoir verdi, il répond à mon signe en abaissant la fenêtre arrière, France Bleu Besançon reprend la main.

Sur cette photo envoyée sans commentaire, un nouveau-né en grenouillère blanche, le crâne encore allongé par la naissance, les yeux fermés, Louis ne doit pas avoir plus de trois semaines.

Le voilà son commencement, son château de sable, un monde qu'il dégoupille sans sommation, son monde qu'il me suffisait d'imaginer sans m'y confronter.

Elle le tient d'une main, posé sur l'avant-bras comme un maillot jaune avec ses fleurs à la sortie d'une étape. Pour mieux le montrer, elle avance légèrement l'épaule. Elle lui donne sa main libre, il emprisonne l'index de sa mère de ses doigts roses et minuscules.

Elle m'apparaît pour la première fois. Sur cette photo ils sont trois, je ne vois qu'elle. Elle dont je ne me méfiais pas. Elle que je ne considérais pas candidate à plus que l'objet vague d'une crise de la cinquantaine. Elle. Je savais qu'elle m'avait identifiée, à l'époque nous fréquentions la même boîte de nuit certains samedis. Elle caftait mes faits et gestes, ce que je buvais, qui m'entourait, qui j'embrassais, transformant le moindre de mes agissements en confidences d'oreiller.

Elle aussi à qui je dois de ne plus me souvenir de l'enterrement de mon père.

Cette fille qu'à l'époque j'imaginais diablesse a le cheveu court teinté blond, la coupe taillée en pointe au niveau des tempes. Une mèche lui grignote les sourcils. Elle est coiffée comme l'était ma mère, le cheveu plus fin, plus aplati. Trop sagement pour son âge.

Je lui pensais des yeux comme deux hameçons. Je distingue mal la couleur de ses iris, peut-être vert-de-gris. Ses prunelles sont celles d'une femme rassasiée, elles fixent fièrement l'objectif.

Elle porte un jean blanc taille haute, une chemise à carreaux dans les tons de rouille. De son col sagement ouvert s'échappe une médaille. Son air conquérant occupe une bonne partie du canapé en cuir marron glacé.

Elle pose avec son fils, elle pose avec le père de son fils qui, lui, ne regarde pas l'objectif. Derrière eux, un mur ripoliné de blanc, on croirait la photo prise dans un photomaton géant.

L'histoire, leur histoire condensée sur un sofa, m'aspire sans fin.

Il est assis à sa gauche. Une jambe par-dessus le genou de la fraîche accouchée. Ses yeux sourient derrière ses lunettes en métal. Le verre gauche est toujours manquant.

Il rigole comme au volant de sa voiture, quand il écoutait « Les Grosses Têtes » sur RTL. Je n'ai pas le souvenir de ses cheveux si grisonnants. Je ne reconnais pas son pull. Un col rond, bleu marine rayé vert sapin, avec au centre un vol de canards, plumage safran. Il n'aurait jamais franchi le seuil de la maison avec. Il ne croulait pas sous les propositions vestimentaires. Jonglait avec deux blousons d'été, deux d'hiver, une canadienne en peau de mouton retournée, deux costumes, quatre cols en V, unis, et trois chandails monochromes. Une parade pour lutter contre son inclination. Il adorait marier ce qui jurait, chemises à carreaux, cravates écossaises et pulls à rayures. À nos airs consternés, il objectait « je suis daltonien ».

Son alliance et sa chevalière se devinent malgré le savant cadrage de la photo, peut-être rabotée d'un simple coup de ciseaux. On dirait ce cliché pris après un déjeuner. Elle est pâle, lui, rougeaud.

Le taxi me sort de ma paralysie, je ne me vois ni le régler ni le quitter, tourner le dos à la gare, m'asseoir à l'extérieur d'un café. Je ne ressens pas le froid. Les doigts tétanisés sur le portable, étirant la photo sous tous les angles, je suis seule en terrasse, mordant ma cigarette de rage.

Je ne me suis pas préparée à voir resurgir ce fantôme et je m'en veux.

Il m'apparaît exactement comme je ne le supportais plus. Le panache remisé, l'agressivité à fleur de peau, mal attifé, l'exigence disparue, son parfum masqué par l'odeur de bière, menton en avant, l'air satisfait.

Cet instantané cristallise ce qu'il était devenu hors champ. Une vision de l'avenir à trois jours, pas plus fiable que les prévisions de la météo.

Un homme à vau-l'eau.

Le train pour Paris vient de quitter le quai.

Nouveau message de Louis : « Il a l'air heureux Paul sur la photo. Tu ne trouves pas ? Rentre bien. »

Je lui réponds : émouvant.

J'éteins mon portable, laisse filer ses mots, le train en regardant les vaches passer.

La photo que Louis m'a envoyée m'obsède. Plus je l'observe, moins je reconnais son père.

Je ne retiens que le visage de ce matin de janvier que je n'ai cessé de vouloir oublier.

« Parle à ton père » suppliait ma mère.

J'ai alors passé ce week-end de janvier à la maison. Pris mon lundi, je l'attendais.

Il avait chassé la veille. Il allait revenir, viser le milieu de matinée, la maison déserte pour y déposer ses vêtements, ses bottes, ses cartouches et son fusil. Le chien donnerait l'alerte, reconnaîtrait la voiture, se redresserait d'un bond pour filer en se tortillant, se poster derrière la porte d'entrée.

– Alors chien de con ! lance-t-il en attrapant la mâchoire du labrador qui fait des huit entre ses jambes.

Il se penche vers son chien, lui tapote les côtes, la cartouchière ripe de son épaule.

En la rattrapant, il relève la tête et sursaute. Je suis adossée contre le mur de cuisine. La panique se lit dans ses yeux, son sourire gêné.

– Tiens, t'es là toi ?

– Je ne bosse pas aujourd'hui. Je viens de me faire un café, t'en veux un ?

– Je dépose mes affaires, j'arrive.

J'ai préparé le terrain, acheté des chouquettes. Je connais sa nouvelle méfiance, sa fuite pour déjouer les traquenards, je range les deux tasses prêtes depuis une heure pour les ressortir devant lui.

– Papa, je ne veux pas te ramener en arrière mais il faut que je te parle.

– De quoi ?

– De maman.

Il soupire, se passe la main dans les cheveux, tourne sa nuque raide. Un silence fait le tour de la cuisine.

– Il faut que tu lui foutes la paix. Il paraît que tu lui interdis de postuler ailleurs. Attends ! T'énerve pas, laisse-moi terminer. Mets-toi à sa place. Qu'est-ce que ça te ferait si elle avait quelqu'un d'autre dans sa vie, si tu ne la croisais qu'au bureau. Tu saurais d'où elle vient le matin, qui elle rejoint le soir. Toi tu devrais rentrer, affronter seul les questions de Jeanne et de

Gabriel, leur préparer à dîner. Franchement. Tu le vivrais comment ?

Il me fixe, la bouche remuante en tournant son café sans sucre. Cogite sa défense.

– Papa… Tu as le droit d'être amoureux de quelqu'un d'autre, tu ne nous appartiens pas. Mais, tu as une femme, trois enfants, deux encore à charge, il faut que tu assumes.

– Assumer, assumer… T'es drôle toi ! Qu'est-ce que tu veux que je fasse ? Hein ?

– Divorce. Ce sera plus clair.

– J'ai pas les moyens. Si on divorce, vous aurez huit cents francs par mois pour vivre. Et puis t'imagines ?

– Quoi ?

– Ben, les autres, pomme à l'eau ! Ton grand-père, ta grand-mère, tu sais bien qu'on ne divorce pas dans la famille. Et puis ceux avec qui on bridge, ceux avec qui je chasse… On aurait l'air de quoi ?

– T'en as pas marre de jouer la comédie ?

– À ton avis ?

– On ne parle pas de moi, mais de toi. Je ne vois pas en quoi ça te défrise de laisser maman décrocher un nouveau boulot. Tu te rends compte qu'elle se planque pour aller passer ses entretiens ? Elle invente des rendez-vous chez le dentiste pour Gabriel, des convocations bidons. C'est tout ce que t'as à lui offrir ?

Il fait un signe de la tête, se lève, dépose sa tasse dans l'évier en disant « j'y vais », comme s'il parlait au robinet.

Il enfile sa canadienne, ajoute « je fais ce que je peux ». Il traverse le couloir, les épaules basses, je lui emboîte le pas, le suis dans la rue, le rattrape par la manche.

– Promets-le-moi.

– Louise, écoute. J'ai l'impression que plus personne ne me comprend. Je vais te dire un truc. Je suis malheureux. Tu comprends ? Malheureux. J'ai raté mon boulot, j'ai raté mon mariage, j'ai tout raté. La seule chose dont je suis fier, c'est mes gosses. J'arrive plus à avancer. Je n'ai qu'une envie, me foutre en l'air. C'est pas la peine de lever les yeux au ciel ! Un jour tu recevras un coup de téléphone, t'apprendras que c'est fini. Je vais m'enrouler autour d'un platane. C'est pas ça qui manque sur la Nationale 20. Je les connais par cœur, il faut juste que j'accélère au bon endroit.

– Je te demande juste de foutre la paix à maman. Elle a le droit de prendre un autre job et de ne plus vouloir te croiser.

– Justement. Comme ça, elle sera tranquille ta mère. Veuve. Pas divorcée. Veuve. Les autres ne trouveront rien à redire.

Ses mots s'enfoncent en moi. Je ne suis que brutalité, il n'y a pas de larmes dans mes yeux, juste une violence contenue qui vient de loin.

– Papa, tu sais quoi ? Tu me gonfles. Tu nous gon-fles ! Tu veux te foutre en l'air ? C'est ça ton projet ? Vas-y... Si tu le fais, je te demande une chose. Juste une seule chose. Te rate pas.

Il devient blanc. Il n'a pas la force de se retourner.

Je ne l'aurai vu pleurer que deux fois face à moi.

La première, je venais de lui annoncer la mort de sa mère d'adoption.

Il s'était transformé en larmes, comme un enfant.

Là, c'est différent.

Il me fixe les bras ballants, désarmé, ses clés de voiture pendent au bout de ses doigts.

Il a son regard de quais de gare.

Celui qui se passe de mots. Celui qui enraye la voix. Celui qu'il m'a appris à soutenir sans mollir.

Il tourne les talons, vacille comme quand on se relève trop vite, la vue brouillée. Il peine à déverrouiller la serrure de sa portière, finit par l'ouvrir, s'assied lourdement.

Il reste immobile en tête à tête avec le pare-brise. Du pas de la porte, je le vois doucement incliner le front contre le volant, les bras repliés autour.

Je rentre, sans me retourner. Je m'adosse à la porte d'entrée, j'attends qu'il démarre. Mes mains tremblent. C'est la colère, j'accuse le froid.

Je reste adossée à cette porte, à regarder le labrador de mon père retourner à sa place, s'affaler sur son tapis, la gueule au ras des carreaux de ciment. Ce chien de con, comme il l'appelle.

Je viens de parler à son maître pour la dernière fois.

Je ne le mesurerai qu'un mois plus tard.

Sans rancœur, ni culpabilité.

Il ne pouvait plus briller que par bribes, des feux de paille qu'il allumait, il fuyait la réalité.

Nos regards l'encombraient.

Il s'octroyait une seconde vie comme avec sa console de jeux.

On l'a laissé jouer.

Il nous a évité les au revoir. Vingt-sept ans plus tard, le temps avait effacé les regrets.

En me demandant de lui parler de son père, Louis, le nouveau-né sur la photo. En sautant dans un train simplement pour me dire « tu peux me considérer comme un demi-frère, je ne t'en veux pas, pour moi tu es ma sœur ». Louis venait de me réconcilier avec une image.

Celle d'un homme qui m'a appris à détester les quais de gare.

Cet ouvrage a été composé
par PCA
et achevé d'imprimer en France
par CPI BRODARD & TAUPIN (72200 La Flèche)
pour le compte des Éditions Stock
21, rue du Montparnasse, 75006 Paris
en août 2020

PAPIER À BASE DE FIBRES CERTIFIÉES

Stock s'engage pour l'environnement en réduisant l'empreinte carbone de ses livres. Celle de cet exemplaire est de : 800 g éq. CO_2
Rendez-vous sur www.editions-stock-durable.fr

Imprimé en France

Dépôt légal : août 2020
N° d'édition : 01 - N° d'impression : 3038997
13-51-0507/4